Erlebnisse eines mittelmäßigen Schülers

Jürgen Lange

Erlebnisse eines mittelmäßigen Schülers

Impressum

Bibliografische Information der Deutschen Nationalbibliothek: Die Deutsche Nationalbibliothek verzeichnet diese Publikation in der Deutschen Nationalbibliografie; detaillierte bibliografische Daten sind im Internet über http://dnb.dnb.de abrufbar.

Text: © 2022 Jürgen Lange

Vorwort: © 2022 Julia Schmermbeck-Schäfer und Jürgen Lange

Illustrationen: © 2022 Vicente Lapiedra
bkcorreoilustrado@gmail.com

Herstellung und Verlag: BoD – Books on Demand, Norderstedt

ISBN: 978-3-7562-3058-7

Gewidmet

Bärbel Neuhaus und Wolfgang Henze

Inhalt

I. Vorwort

Beim Stöbern in meiner „Andenkenkiste" fand ich ein Zeugnis-heft aus der Grundschule, worin ganz vorn geschrieben stand:

„Im ersten Schulhalbjahr soll das Kind zunächst schulfähig werden. Der Übergang von der Freiheit des Elternhauses zum geordneten Leben in der Schule ist einschneidend."

Oh ja, mit der Freiheit war es augenblicklich vorbei. Schulbeginn war nämlich bereits um Punkt acht, und zwar für die nächsten Jahre meines Lebens. Nur in den Sommerferien durfte man noch ausschlafen.

Neben den Nachteilen wie dem frühen Aufstehen kam ich durch den Schulbesuch aber auch in den Genuss einiger Vorteile. Anders als das Zitat suggeriert, war ich glücklich, wenigstens am Vormit-tag der elterlichen Kontrolle entzogen zu sein. Außerdem erfreute ich mich in der Schule der Gesellschaft einer ganzen Bande von Gleichgesinnten.

In der Grundschule hatten wir bis um zwanzig nach eins Schule, Zeit genug für sechs Stunden Unterricht zu je 45 Minuten unter-brochen von zwei Pausen von 20 und 30 Minuten Länge. Und wie sah dieser Unterricht aus?

Wolfgang Brezinka definiert *Erziehung* als *„das Verhalten von Kindern in einer gewünschten Richtung zu ändern."*

Diese Verhaltensveränderung begann bereits vor der Schule, und zwar im *Kindergarten*. Diese Einrichtung gibt es seit etwa zweihundert Jahren. Kinder sollen dort wie Pflanzen in einem Garten gehegt und gepflegt werden und sich möglichst viel an der frischen Luft bewegen. Derselbe Gedanke der Waldpädagogik kommt auch in dem Wort *Baumschule* zum Ausdruck. Zur Zeit der ersten Kindergärten wurden in Preußen auf dem Schulgelände Gärten angelegt, um die Schüler dort in der Pflege und Veredelung von Obstbäumen zu unterrichten.

Zweifellos gab es fortschrittliche Ansätze in der deutschen Kindererziehung, doch verschwanden sie in der Zeit des Kaiserreichs und der Diktatur. Erst die 68er-Bewegung gab der Erziehung in Deutschland wieder neue Impulse. Dadurch entwickelte und verbesserte sich das Schulsystem, genau wie wir Schulkinder.

Vieles von dem, was hier beschrieben wird, mag dem Leser unwahrscheinlich oder völlig unglaubhaft vorkommen. Doch wir waren *Kriegsenkel* (Bode). Unsere Eltern und Lehrer wuchsen mit autoritären Idealen auf und viele blieben ihnen ein Leben lang verhaftet. Ihre Leitbilder waren Zucht und Ordnung. Ganz selbstverständlich wurde Disziplin von oben aufgedrückt. Die Geisteshaltung unserer Erzieher betraf das richtige Aussehen und Auftreten; wir empfingen sie durch Regeln wie:

„Die Röcke bedecken die Knie."

oder:

„Schlüsselkinder sind asozial.“

Ebenso selbstverständlich wurden uns auf bestimmten Geschlechterrollen basierende Vorstellungen anerzogen:

„Eine Mutter ist nicht berufstätig.“

oder:

„Ein Junge weint nicht.“

Jedenfalls wurden wir Kinder des Babybooms eingeschult, lange bevor die 68er-Bewegung Veränderungen zugunsten einer antiautoritären Erziehung bewirken konnte.

Meine Klassenlehrerin in der Grundschule Bärbel Neuhaus und mein Klassenlehrer auf der Realschule Wolfgang Henze gehörten zu einer liberaleren Generation von Lehrern. Ihnen bin ich zu großem Dank verpflichtet, und deshalb widme ich ihnen das vorliegende Büchlein.

Jeder kennt aus seiner Schulzeit bestimmte „Typen“:

Da ist das wunderschöne, aber unnahbare Mädchen, das immer mit den falschen Typen ausgeht; der Sportler, der Nachhilfe in allen relevanten Fächern braucht, da er nicht *die hellste Kerze auf der Torte* ist. Das wenig attraktive Mathe-Ass, das bereitwillig hilft, um anerkannt zu werden; der Klassenclown, der seine wahren Gefühle hinter einer lustigen Fassade verbirgt, der Schläger, vor dem alle Angst haben, auch manche Lehrer.

Einigen dieser „Typen" werden wir in diesem Buch wiederbegegnen. Sie sind das verbindende Element, wenn wir uns mit anderen über unsere Schulerfahrungen austauschen. Somit wird jeder Leser, jede Leserin der einen oder anderen vertrauten Figur begegnen.

Viel Spaß beim Lesen wünschen

Julia und Jürgen

II.   Das deutsche Schulsystem

In Deutschland gibt es private Schulen, wie die Waldorfschule oder Schulen von religiösen Schulträgern. 2006 besuchten hier nur sechs Prozent der Schüler eine private Schule, während es zum Beispiel in Spanien über ein Drittel war.

Die Kleinen werden mit sechs Jahren eingeschult und besuchen die Grundschule von der ersten bis zur vierten Klasse. Sind die Kinder zehn Jahre alt, treffen ihre Lehrer im Rahmen eines Gesprächs mit den Eltern des Zöglings die wohl bedeutendste Entscheidung für den Werdegang der kleinen Person. Die Eltern dürfen einen Wunsch äußern und der lautet fast immer „*aufs Gymnasium*". Doch wenn der kleine Strolch nur Stroh im Kopf hat, dann hilft auch der frommste Wunsch seiner Eltern nichts.

In der Grundschule werden die Kinder zum ersten Mal benotet, und zwar gleich zweimal pro Jahr. Die beste Note ist *sehr gut* oder eins, und dann geht es abwärts: *gut* (2), *befriedigend* (3), *ausreichend* (4), *mangelhaft* (5) und *ungenügend* (6). Wer alle Fächer mit ausreichend oder besser abschließt, wird versetzt. Zwei Fünfen kann man noch ausgleichen; mit drei Fünfen oder einer Sechs bleibt man sitzen.

Nach der Grundschule besuchen die Schüler einen von drei verschiedenen Schultypen: die eher praktisch ausgerichtete Hauptschule, die Realschule oder das eher theoretische Gymnasium. Alle drei Modelle führen bis zur zehnten Klasse. Wenn die Schüler die weiterführende Schule beenden, sind sie in der Regel 16 Jahre alt, und mit diesem Alter endet die allgemeine Schulpflicht.

Nur das Gymnasium und seit den 70er Jahren auch die Gesamtschule verfügen über einen Oberstufenzweig zur Erlangung des Abiturs. Mit diesem Abschluss kann man z. B. eine Lehre bei einer Bank machen oder eben zur Universität gehen.

Der Vorteil des dreigliedrigen Schulsystems ist, dass alle Schüler in einer Klasse in etwa gleich begabt sind. Der Nachteil ist, dass die berufliche Zukunft der Kinder entschieden wird, wenn sie gerade mal zehn Jahre alt ist. Es gibt aber auch Kinder, die ihr Potenzial erst im Laufe der Jugend voll entwickeln. Diese „Spätzünder" werden vom deutschen Schulsystem nicht eben bevorteilt.

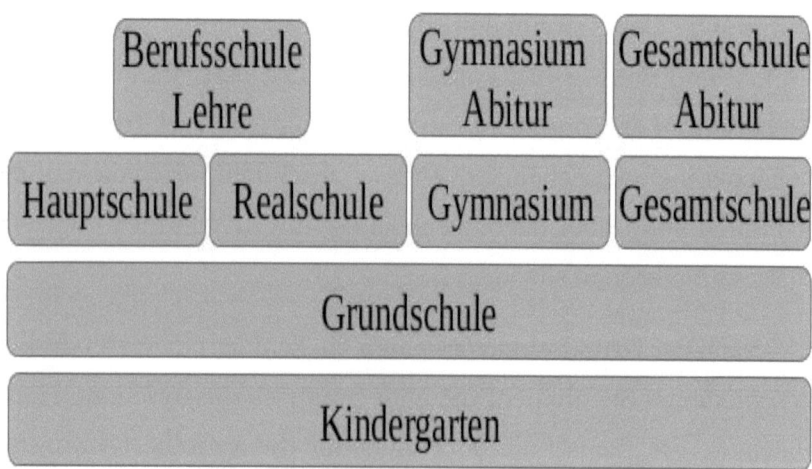

III. Der erste Schultag (erster Teil)

Jans Mutter begleitete ihren Sprössling an seinem ersten Schultag auf dem Weg zur Schule.

„Pass gut auf, Jan! Morgen gehst du den Weg allein."

Er passte gut auf, was aber gar nicht so leicht war. In Deutschland gibt es nämlich eine Tradition, die den ABC-Schützen ihren ersten Schulbesuch erleichtern soll: die *Schultüte*. Die Schultüte ist ein bunter Pappkarton in Form eines Spitzkegels. Sie enthält Schulmaterial und Süßigkeiten. Auch Jan bekam von seinen Eltern an seinem ersten Schultag eine Schultüte geschenkt. Darin befanden sich ein Bleistift, Buntstifte, ein Anspitzer, ein Radiergummi, ein Schreibheft und ein Lineal. Außerdem gab es etwas Obst, Nüsse und Schokolade.

Der Karton ist so groß, dass er unbedingt mit beiden Hände getragen werden muss. Wenn man selbst nur einen Meter zwanzig groß ist, dann ist eine 75 cm große Schultüte schon gewaltig. Doch alle Last ist gering, wenn es sich um die Schultüte handelt, denn dieses Statussymbol unterscheidet den Erstklässler vom Kindergartenkind.

Es gibt noch einen Brauch für Schulanfänger in Deutschland. Nachdem die Kinder mit einer überdimensionierten Schultüte zum Schulbesuch überredet worden waren, half eine leuchtend orange Baseballkappe dabei, denselben nicht vorzeitig zu beenden. Autofahrer sollten nämlich durch dieses Signal auf dem Kopf der Schulanfänger vor deren nicht immer vorschriftsmäßigen Verhalten im Straßenverkehr gewarnt werden. Damit die Schulanfänger ihre Kappe auf ihrem täglichen Schulweg auch tatsächlich trugen, wurde sie ihnen in einer feierlichen Zeremonie übergeben. Gleich in der ersten Woche erschienen in Jans Klasse zwei Ordnungshüter in Uniform.

„Gebt ihr uns euer Wort, die Schulkappen auch jeden Tag zu tragen?"

„Jaaaaa!"

IV. Oben eine Schlange, darunter einen Spazier-stock

In Deutschland werden Schulanfänger *i-Männchen* genannt, weil sie früher ihre Schreibübungen mit diesem Buchstaben begannen. Unter ihnen gab es Rechtshänder und Linkshänder. Letztere bevorzugen ihre linke Hand, besonders wenn Kraft oder Schnelligkeit gefordert ist. Beim Handball macht der Rechtshänder die Schrittfolge links, rechts, links, springt dann mit dem linken Bein ab und wirft den Ball mit der rechten Hand. So spannt der Handballer einen Bogen vom linken Fuß bis zu den Fingern der rechten Hand, um mit dem ganzen Körper seine maximale Wurfkraft zu entfalten. Beim Linkshänder ist es genau andersherum: rechts, links, rechts und Wurf mit der Linken. In der Wissenschaft wird die Präferenz der rechten oder linken Hand durch die Dominanz der gegenseitigen Hirnhälfte erklärt. Der Anteil der Linkshänder an der Bevölkerung liegt bei 10 bis 15 Prozent.

Jan war Rechtshänder. Allerdings war er nicht schon immer Rechtshänder. Bis zu seiner Einschulung war er noch Linkshänder. Dann kam der Schreibunterricht, und da hieß es dann:

„Den Stift in die rechte Hand!"

Und diese Anweisung galt für alle Schülerinnen und Schüler. Also nahm er den Stift in die rechte Hand und machte dieselben Übungen wie alle anderen in der Klasse auch.

„Oben eine Schlange, darunter einen Spazierstock."

Leider war das Ergebnis aus verständlichen Gründen nicht so gut wie bei den übrigen Schülern. Also nahm er den Stift in seine Linke, denn so fielen ihm die Schreibübungen leichter und das Ergebnis war auch schöner anzusehen.

„Den Stift in die rechte Hand!"

Dieses Mal stand die Lehrerin direkt vor Jans Platz. Sie zeigte auf seine rechte Hand.

„Das da ist die rechte Hand."

Ihre Anweisungen waren unmissverständlich:

„Oben eine Schlange, darunter einen Spazierstock."

So ging es dann wochenlang, bis dann irgendwann das gesamte Alphabet durch war. Jans Schlangen und Spazierstöcke waren alles andere als schön, aber er schrieb sie mit rechts.

Der Schreibunterricht sollte nicht die einzige Gelegenheit bleiben, bei der sie in der Schule Jans Willen brachen.

V. Die Kinder des Babybooms

Jan ist Jahrgang 1962. Das ist nicht irgendein Jahr, sondern der
Höhepunkt der Geburtenrate nach dem Krieg. Ein Kind des Babybooms zu sein, war von Vorteil, wenn man Gleichaltrige zum Fuß-
ballspielen benötigte. Allerdings hatten die Kinder des Babybooms auch einige Nachteile. So gab es bei Jans Einschulung nicht
genügend Lehrer. Scheinbar wurden die Politiker der Landesre-
gierung von der Tatsache völlig überrascht, dass die Kinder des
Babybooms sechs Jahre nach ihrer Geburt auch eingeschult werden mussten. Aber die Politiker wussten sich zu helfen und stellten
übergangsweise einfach Hausfrauen ein.

Mit sechs Jahren kam Jan also in die Klasse von Frau März. Was
sich anhört wie ein Playboy-Model war gar keins, sondern eine
Hausfrau, die mit einer übervollen Klasse kreischender Erstklässler schlicht überfordert war. Und Frau März war nicht die einzige
überforderte Person in Jans Klasse.

Seine Eltern waren beide berufstätig und schulten ihn mit sechs
Jahren ein. Aber Jan fragte wieder einmal keiner. Unfreiwilliger-
maßen verließ er den Kindergarten, in dessen Sandkasten er die
bis dahin schönste Zeit seines Lebens verbracht hatte.

In der Klasse trafen also eine unqualifizierte Lehrerin mit wenigstens einem unreifen Schulanfänger zusammen. Doch zur Lösung von Problemen gab es in der Lehranstalt eine strenge Hierar-
chie: oben war der Direktor, darunter die studierten Lehrkräfte,

weiter unten die Hausfrauen mit Lehrambition und ganz unten die Schüler. Jans Fall wurde also dem Direktor vorgetragen:

„Der Schüler ist ganz bestimmt hyperaktiv, er kann nicht stillsitzen, nicht einen Moment lang. Dauernd spricht er, auch wenn ich ihn ermahnt habe, hört er nicht damit auf. Er ist eine echte Nervensäge und übt einen schlechten Einfluss auf die gesamte Klasse aus."

Der Direktor nahm die Klage von Frau März zur Kenntnis und da sie sich beinahe täglich in seinem Büro über Jan beschwerte, sah sich der Direktor schließlich zum Handeln gezwungen.

An deutschen Schulen haben Kinder seit 1998 ein Recht auf eine gewaltfreie Erziehung, bereits 1973 wurde die Prügelstrafe in den meisten Bundesländern abgeschafft. Für Jan kamen beide Gesetze zu spät, denn er wurde bereits 1968 eingeschult.

Der Direktor war sozusagen ein Lehrer des alten Schlages, was man in seinem Fall wörtlich nehmen darf. Wenn Jan beim Morgenappell auf dem Schulhof aus der Reihe tanzte, dann setzte es eine Ohrfeige, die sich gewaschen hatte. Ja, die Linke des Direktors konnte sich sehen lassen. Wenn Jan beim Eintritt der Lehrerin in die Klasse nicht auf seinem Platz saß, dann gab es eine Meldung beim Direktor und eine weitere Kostprobe seiner pädagogischen Fähigkeiten. Wenn er quatschte, während die Lehrerin den Lehrstoff vermittelte, ... Na, man kann sich ja denken, was dann geschah.

Als Kind empfand Jan die Züchtigung durch den Direktor als normal. Von Zuhause kannte er es ja auch nicht anders. Wenn er daheim erzählte, dass der Direktor ihn geschlagen hatte, bekam er in der Regel noch eine Ohrfeige obendrauf. Nur gelegentlich fragte sein Vater:

„Ja, warum hast du denn heute schon wieder Schläge bekommen?"

Und wenn er den Grund dafür sagte, dann gab es auch schon mal statt einer Ohrfeige den Stock. So wurde Jans Verhalten gemäß des Brezinkaschen Erziehungsbegriffes in eine Richtung gelenkt und er lernte, zu Hause nicht immer die ganze Wahrheit zu erzählen.

Sein Vater war - wie Jan neuerdings auch - Rechtshänder, der Herr Direktor Linkshänder. Jan wünschte sich, dass beide etwas mehr über das Züchtigen gewusst hätten. Wenn sie ihm nämlich nicht dauernd mit der flachen rechten oder linken Hand auf das linke oder rechte Ohr geschlagen hätten, sondern vielleicht zur Abwechselung mal die Stirn oder das Kinn getroffen hätten, dann wären seine Trommelfelle heute vielleicht noch in Ordnung.

Nach den vorangegangenen Zeilen könnte ein ziemlich negativer Eindruck des deutschen Schulsystems Ende der 60er und Anfang der 70er Jahre entstanden sein. Doch es gab auch fortschrittliche Maßnahmen. Jans Schule nahm zum Beispiel am Schulmilchprogramm teil. Durch den Genuss von Milch in der Pause erhielten die Schüler ausreichend Calcium für gesunde Zähne und einen guten Knochenbau. Kurz: Mit einem Kakaotrunk oder etwas Vollmilch waren sie den Anforderungen des Schulalltags besser gewachsen.

Jan bekam allerdings keinen Kakao, denn erstens musste man den ja bezahlen, und seine Eltern waren der Meinung, dass sie das Kind auch so schon genug kostete. Zweitens aber war er schnell als Störenfried in der Klasse ausgemacht, und da war es wohl das Beste für alle, ihn sofort zu entfernen. Das geschah auch, und so saß Jan nur wenige Monate nach seiner Einschulung wieder im Sandkasten des Kindergartens, und zwar ohne Kakaotrunk.

VI. Die Bremer Stadtmusikanten

Im zweiten Anlauf war der Kindergarten für Jan nicht mehr das Paradies auf Erden. Alle Kinder übten für die Aufführung der *Bremer Stadtmusikanten*, und das größte Kind spielte den Esel. Das war Jan. Es wurde wochenlang geübt, bis alles saß. Der Esel bekam seinen Text, und irgendwann konnte er ihn auch.

„I-ah!"

Der Hund bellte hervorragend, die Katze miaute und der Hahn krähte täuschend echt. Alles war bereit für die große Vorstellung; und alle kamen, sogar Jans Mutter, die außer für die Arbeit sonst nie für etwas Zeit hatte.

Damit der Esel als solcher auch zu erkennen war, bekam Jan einen langen Eselsschwanz an den Hosenboden geheftet. Der Hund bellte vor Freunde, und die Katze und der Hahn zeigten mit den Fingern auf ihn. Auch die Eltern und die Kindergärtnerinnen fanden das recht lustig; nur der Esel weinte in einem fort, weil er nicht Esel sein wollte.

Der Kindergarten war nach wenigen Monaten wieder vorbei, nur die Erinnerung an das grauenhafte Theaterstück ist bis heute lebendig. Trotzdem beschwerte sich Jan nie über seine Kindergärtnerinnen, so lange er dort war. Und das hatte seinen Grund: Seine Freundin Marta war nämlich so ungehorsam, dass sie zur Strafe auch schon mal von den Erzieherinnen an ihrem Stuhl festgebunden wurde; und das sollte Jan nicht passieren.

VII. Der erste Schultag (zweiter Teil)

Im zweiten Anlauf sollte nun alles besser klappen, und die Bedingungen dafür standen auch gar nicht schlecht. Jetzt hatte Jan bei einer echten Lehrerin Unterricht: Sie hieß Frau Neuhaus und kam frisch von der Uni. Auch wurde Jan jetzt nicht mehr so oft geschlagen, aber die Erfolgserlebnisse blieben zunächst trotzdem aus. Dadurch verlor er die Lust am Schulbesuch, und mehr als einmal versuchte er wegzulaufen. Frau Neuhaus war aber nicht nur motiviert, sie lief auch schneller als Jan. Und so waren Jans Ausreißversuche zum Scheitern verurteilt.

Das Weglaufen brachte also nichts, und so gewöhnte Jan sich schließlich an den regelmäßigen Schulbesuch. Seine Klassenlehrerin brachte ihm dabei mehr Verständnis entgegen als alle übrigen Lehrer und seine Eltern zusammen. Und so stieg mit der Zeit sein Vertrauen in Frau Neuhaus, und Jan wurde ein besserer Schüler. Als Beweis möge seine Note in *Führung* dienen. In diesem Unterrichtsfach erhielt Jan von der ersten bis zur vierten Klasse in allen Zeugnissen ein *Gut*. In *Beteiligung am Unterricht* und in *Häuslicher Fleiß* bekam Jan auch fast immer ein *Gut*. In *Schreiben* kam er dagegen nie über ein *Ausreichend* hinaus.

Woher Jans Klassenlehrerin die Geduld nahm, um nicht so wie alle anderen Erwachsenen zu reagieren, das weiß niemand. Auf jeden Fall wäre seine Schullaufbahn ohne sie bedeutend schlechter verlaufen. Ihr verdankt er viel.

19<u>69</u>/<u>70</u>

<u>10</u>. Klasse (<u>1</u>. Jahrgang)   2. Halbjahr

1. Führung: .... *gut*
2. Beteiligung am Unterricht: *gut*
3. Häuslicher Fleiß: .... *gut*
4. Schulbesuch: fehlte ..../... Tage entschuldigt, .../... Tage unentschuldigt
5. Leistungen:

Kath.
―――― Religionslehre ....   Musik ....
Evgl.

Deutsch *)   Leibeserziehung ....
   a) Mündl. Ausdruck ....
                                                  Schwimmen ....
   b) Schriftl. Ausdruck ....
                                                  Zeichnen u. Werken ....

Deutsch *)   Nadelarbeit ....
   a) Mündl. Ausdruck ....
   b) Lesen *befriedigend*   Schreiben *ausreichend*
   c) Aufsatz ....
   d) Rechtschreiben *befriedigend*

Heimatkunde ....

Rechnen *befriedigend*

6. Bemerkungen: ....

....
      Laut Konferenzbeschluß vom ....10. 7. 70.............. versetzt!

Lüdenscheid, den 17. Juli 1970 19....

   D.*ie* Klassenlehrer*in*.   D.*H.* Schulleiter..............

Bärbel Neuhaus   *Würg*
                                                     Lange

Unterschrift des / der Erziehungsberechtigten: ....

*) Die Wahl der Zensuren-Unterteilung in „Deutsch" ist der Schule überlassen. Die nicht gewünschte
Form ist zu streichen.

26

VIII. Heimatkunde mit Pater Brown

Frau Neuhaus war nicht die einzige ausgebildete Lehrkraft an der Grundschule. Im vierten Jahr hatte Jan Heimatkunde bei Herrn Kunze, der ebenfalls ein studierter Lehrer war. Auf dem Lehrplan stand das Lesen von Landkarten, um den Kindern ein Gefühl für ihre Heimat zu vermitteln.

Zu diesem Zweck hatte Herr Kunze eine Landkarte an die Tafel gehängt, die so groß war, dass sie auch von ganz hinten noch gut zu lesen war. Die Karte zeigte den Regierungsbezirk und angrenzende Regionen. Zuerst sollten die Kinder nach vorne kommen und mit dem Finger einzelne Städte auf der Karte anzeigen.

„Na? Wo liegt denn Lüdenscheid?"

Wer weiß denn so etwas, außer vielleicht LKW-Fahrern, die seit der Sperrung der Rahmedetalbrücke von der A 45 durch diese Stadt umgeleitet werden? - Später sollten die Kinder einen Rundflug über ihre Heimat beschreiben: Das Flugzeug startete in Lüdenscheid Richtung Norden, nach Dortmund. Dann bog es nach Osten und überflog Hamm und Paderborn, bevor es nach Süden drehte, um über das Hochsauerland zum Ausgangspunkt zurückzufliegen. Natürlich kam Jan am nächsten Tag an die Reihe, aber er war ja vorbereitet. Also stellte er sich wie befohlen mit dem Rücken zur Karte und beschrieb den Rundflug:

„Wir starten in Lüdenscheid, im Norden liegt Dortmund. Da spielt der BVB. Und dann kommt im Osten Pater Brown."

Herr Kunze lachte recht herzlich, die Klassenkameraden auch. Der Lehrer bescheinigte Jan seinen guten Willen und nahm den Nächsten dran.

Durch guten Willen und Lachen baute Jan eine enge Beziehung zu seinen Lehrern und noch mehr zu seinen Lehrerinnen auf. Letztere waren für ihn so etwas wie eine Mutter in der Schule. Außer zu seiner Klassenlehrerin fühlte er sich besonders zur Kunstlehrerin Frau Engels hingezogen. Unbewusst identifizierte er sich wahrscheinlich ein Stück weit mit ihr. Das war aber gar nicht so gut, wie sich eines Tages herausstellen sollte. Frau Engels kam in die Klasse und erklärte:

„Liebe Kinder, ich heiße jetzt nicht mehr Frau Engels, ich bin jetzt Frau Dombrowski."

Es dauerte einige Tage, bis Jan darüber hinwegkam, weil er nicht sofort verstanden hatte, was da passiert war: Frau Engels hatte nämlich geheiratet.

IX. Der Fötus im Weckglas

Religion gab es ab der zweiten Klasse bei Frau Groll. Sie war keine vom Kultusminister angestellte Lehrerin, sondern eine von Gott berufene Christin. Und weil sie eine glühende Verfechterin des einzig wahren Glaubens war, erinnerte Jan sich sein Leben lang an eine ihrer Unterrichtsstunden.

Frau Groll betrat den Klassenraum: Eine imposante Erscheinung bahnte sich ihren Weg zum Lehrerpult. Gefühlt war sie etwa doppelt so groß wie die Kinder und wog fünfmal so viel wie einer von ihnen. Wenn sie ihre Stimme erhob, dann klang das wie das Donnern des Jüngsten Gerichts. Dabei hatte Frau Groll es gar nicht nötig, ihre Stimme zu erheben, denn sie berief sich ja auf eine höhere Instanz:

„GOTTES WORT!"

Heute aber benutzte sie nicht allein die Bibel in ihrer Linken. Zur besseren Veranschaulichung hielt sie auch noch ein Weckglas in ihrer Rechten.

„MORD!"

Frau Groll sprach ihren Monolog nicht, sie schrie ihn:

„VERGEHEN AN DER SCHÖPFUNG UNSERES HERRN!"

Und sie hielt den Kindern dabei das Weckglas vor die Augen:

„UNGEBORENES LEBEN!"

Die Kleinen waren erschüttert, als sie das winzige Baby im Glas erkannten, das dort in einer Flüssigkeit schwamm.

„ZUM HIMMEL SCHREIENDE UNGERECHTIGKEIT!"

Nachdem die Schüler eine Stunde lang der wütenden Kämpferin gegen die Abtreibung zugehört hatten, waren sie alle ausnahmslos gegen die Tötung ungeborenen Lebens. Nur leider wussten sie gar nicht, was das war, denn mit neun Jahren konnten sie noch nicht wissen, was Abtreibung bedeutet.

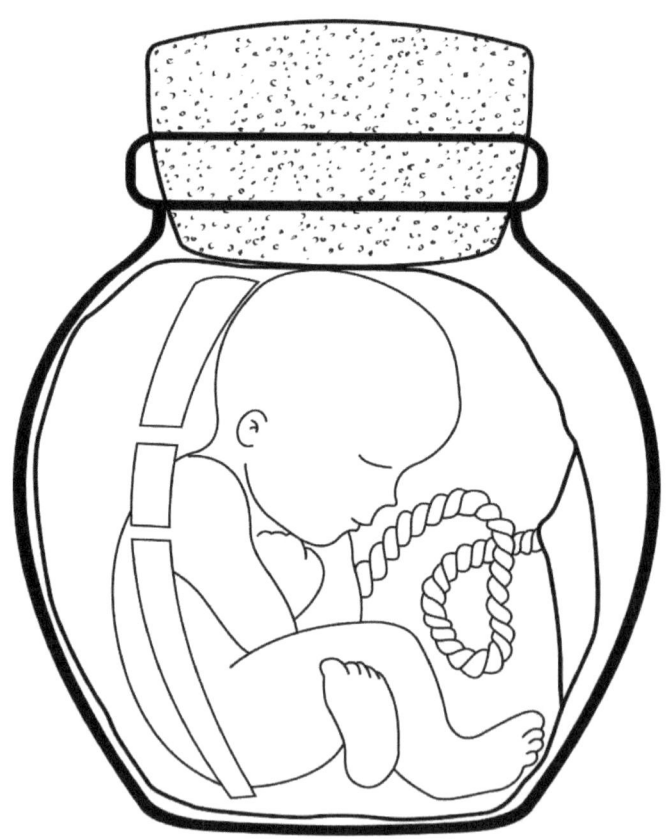

X. the man [ðə mæn]

Nach dem Besuch der Grundschule wechselte Jan 1973 auf die Realschule. Das bedeutete, dass er sich innerhalb von nur vier Jahren vom schlechtesten Schüler der Klasse zu einem mittelmäßigen Schüler emporgearbeitet hatte. Auf der Realschule gab es dann nicht nur neue Lehrer, es gab selbstverständlich auch neue Lehrfächer. Eins davon war Englisch. Anfangs war das nicht so schwer. Mal wurde gesungen:

„Old Mc Donald has a farm ..."

Mal ging es nur um die korrekte Aussprache.

„Finally."

Sprach man das Wort englisch aus, also etwa [ˈfaɪ nə li], war alles gut, und man durfte sich wieder setzen. Sprach man es deutsch aus, also etwa [ˈfinali], klang das eher nach dem Namen eines Zirkusdirektors. Das sind nicht etwa Jans Worte, sondern die seines Lehrers. Ja, Herr Zorn wusste, wie man die Schüler nach einem Aussprachefehler wieder motivieren konnte.

Eine weitere Hürde stellte das englische *Th* wie zum Beispiel im Artikel *the* dar. Die didaktische Methode, mit der Herr Zorn vorging, hieß *Drill* oder *ständiges Wiederholen*. Er sagte ein Wort mit *th* auf Englisch vor, und ein Schüler wiederholte es. Entsprach die Aussprache der Gewünschten, kam der Nächste dran. Wenn nicht, wurde gedrillt, bis es saß.

Andrea hatte Probleme mit der Aussprache des englischen *Th*. Der Lehrer nannte es tee-aitch [tiː ei ʧ], wobei er jedes Mal durch den Klassenraum spuckte. Dann kamen ein paar Beispiele. Der Lehrer sprach *the man* [ðə mˈ an] und *the house* [ðə hˈaʊ s]. Andrea nicht, und das war das Problem.

Getreu seiner didaktischen Methode wiederholte der Englischlehrer *the man* [ðə mˈan] und ließ Andrea beide Wörter wiederholen. Das Mädchen wurde immer nervöser und selbst ein Blinder hätte gesehen, dass das nichts mehr wird. Trotzdem wurde wiederholt und wiederholt. Ab dem zwölften Mal sollte Andrea nur [ðə] sagen und durfte [mˈan] weglassen, was den Vorgang ungemein beschleunigte. Beim siebzehnten Versuch machte Andrea es aus Versehen richtig.

Alle waren erleichtert, nur der Lehrer nicht. Dazu muss man wissen, dass Rüdiger Zorn nicht nur völlig humorlos, sondern auch autoritär war. Er war bereits wegen Gewalt an Schülern von einer anderen Schule verwiesen worden, bevor er seinen „Unterricht" an Jans Schule aufnahm.

XI. Daumenapplaus

Zu allem Unglück der Schülerinnen und Schüler war der Englischlehrer auch noch rechthaberisch. Das bewies er zum Beispiel
beim Einkauf im örtlichen Supermarkt.

„Gute Frau, was kosten die Äpfel da?"

„Die Delizius? Die kosten zwei fünfzig das Kilo."

„Das ist Englisch und heißt Delicious!"

Dabei bemühte er sein feinstes Englisch, also [dɪ lˈ ɪ ʃ ə s],
und spuckte über die Obsttheke. Die Verkäuferin sprach aber kein
Englisch, vielleicht war sie ja eine ehemalige Schülerin von Herrn
Zorn. Jedenfalls sprach sie den englischen Namen deutsch aus. -
Und woher wussten seine Schüler das alles? Weil er selbst in seinem Unterricht diese Art von Anekdoten erzählte, statt Englisch
zu unterrichten.

Eigentlich war Herr Zorn bereits pensioniert, doch es mangelte
immer noch an Lehrern, und so arbeitete er auf Wunsch des
Direktors noch ein paar Jahre weiter. Er konnte es gar nicht lei-
den, wenn irgendjemand aufgrund seines fortgeschrittenen Alters
an seinen Fähigkeiten zweifelte. Ja, körperlich war er wirklich in
außerordentlich guter Verfassung. Und den Beweis dafür erbrach-
te er, indem einmal vor versammelter Klasse einen Kopfstand
machte. Er forderte alle auf, es ihm gleich zu tun, was natürlich
keiner wagte.

Mit Andreas Leistung bei der Aussprache des englischen Artikels war Rüdiger Zorn jedenfalls alles andere als zufrieden und verspottete sie also nach dem siebzehnten Versuch:

„Na, jetzt hast du es ja geschafft und verdienst einen Applaus. Da du aber so lange gebraucht hast, gibt es nur einen ganz Kleinen."

Zur Verhöhnung der Schülerin hielt der Lehrer seine gefalteten Hände vor Andreas Gesicht und applaudierte nur mit seinen Daumenspitzen. Mehrere Schüler konnten sich ein Grinsen nicht verkneifen. Jan guckte seinen Sitznachbarn an und ahmte den Applaus des Lehrers unter dem Tisch nach.

Zu seinem Unglück sah der Englischlehrer Jans Daumenapplaus, denn die Pulte waren nicht geschlossen, sondern besaßen einen Sehschlitz zwischen Schreibplatte und Vorderwand. Mit zwei Schritten stand er vor Jan und nun entlud sich Herrn Zorns ganzer Zorn an ihm. Der Lehrer klemmte Jans Nase zwischen seinem Zeige- und Mittelfinger ein, drehte sie um 180 Grad und hob ihn mit einer Hand von seinem Stuhl in die Luft. So kam Jan durch seinen Schulbesuch außer zu vernarbten Trommelfellen auch noch zu einer angebrochenen Nase.

XII. Französisch Kriegen

Auf der Realschule lernte Jan neue Freunde kennen. In der Klasse fand er seinen Platz neben Tom und Paul. Paul war nicht wirklich dumm, aber zur Aufnahme desselben Lehrstoffs brauchte er immer etwas mehr Zeit. Tom bekam auch keine besseren Noten, aber nicht weil er nicht konnte, sondern weil er nicht wollte: Wie ein gutes Springpferd sprang er nie höher, als er musste. Die Sitzordnung in der letzten Reihe der Klasse blieb für mehrere Jahre dieselbe, fast bis zum Ende der Schulzeit. In der neunten Klasse kreuzte dann eine Frau ihren Weg, aber das ist ja noch weit hin. Die Begegnungen von Fünftklässlern mit Frauen sahen noch etwas anders aus.

Am Ende des ersten Schuljahres auf der Realschule gab es ein Schulfest. Drinnen war es ziemlich langweilig, also spielten sie draußen auf dem Schulhof *Französisch Kriegen*. Das war Fangen, und wer gefangen wurde, gab der Person, die ihn gefangen hatte, einen Kuss. Da lief also die ganze Klasse über den Schulhof. Alle kreischten, Jungen und Mädchen gleichermaßen. Geküsst wurde nicht viel, aber aufregend war es trotzdem.

Plötzlich kam eine Gruppe von Mädchen aus der zehnten Klasse aus dem Schulgebäude. Sie waren alle mindestens einen Kopf größer als Jan und seine Freunde.

„Hallo! Was macht ihr denn da?"

Das war doch wohl offensichtlich. Die, die da sprach, wohnte in derselben Straße wie Jan und hieß Iris. Sie hatte Jan bereits von der Treppe aus erkannt. Iris war fünf Jahre älter als Jan und bereits eine richtige Frau. Sie fragte nicht lange, ob sie mitspielen durfte, und da hatte sie Jan auch schon gefangen und verlangte ihren Lohn. So kam Jan zu seinem ersten Zungenkuss. Ihre Freundinnen grinsten vor Vergnügen, während sie Iris wieder in ihre Mitte nahmen und vom Schulhof zogen.

„Na, du bist ja eine!"

Jan stand noch eine ganze Weile bewegungslos da und verstand wie so oft in seiner Schullaufbahn rein gar nichts.

XIII. Charly

Alle Lehrer an der Realschule hatten Spitznamen, meist war es ihr Nachname: Der alte Cramer, der Henze etc. Der Direktor hieß nur *der Direx*. Lediglich Charly wurde bei seinem Vornamen genannt, obwohl er gar nicht Charly sondern Karl-Heinz hieß. Aber als Englischlehrer brauchte er ja einen englischen Namen.

Charly liebte sein Image und förderte es sogar, indem er einen Mini Cooper fuhr. Dabei war der Typ knapp zwei Meter groß und passte da kaum rein. Jans Klasse bekam Charly in der Sechsten als Englischlehrer, denn der Zorn war mittlerweile zum Wohle aller endgültig in den Ruhestand versetzt worden.

Bei Charly sah der Englischunterricht anders aus: Es gab jede Woche ein Dutzend unregelmäßiger Verben als Hausaufgabe auf, und wenn sich nach ein paar Wochen genügend angesammelt hatten, kam die Kontrolle.

„Hefte raus! Vokabeltest!"

Jetzt war Eile geboten, denn unmittelbar nach der Ankündigung ging es auch schon los: *„sing"*. Dann wiederholte Charly dasselbe unregelmäßige Verb genau einmal: *„sing"*. Das dauerte nur fünf Sekunden, und dann ging es mit der nächsten Vokabel weiter. In dieser Zeit mussten die Schüler alle drei Stammformen notieren: *„to sing"* (Infinitiv), *„sang"* (Präteritum) und *„sung"* (Partizip).

Auf diese Weise standen dann am Ende des Tests dreißig Wörter auf den Blättern; oder besser gesagt, sie standen natürlich nicht dort. Und das hatte zwei Gründe: die Unwissenheit der Schüler und Charlys Lehrmethode: Er stellte sich vor den Heizkörper und strich während des Tests mit dem Kugelschreiber über die metallenen Rippen. Unter diesen Bedingungen hat Jan es in seiner fünfjährigen Laufbahn bei Charly nicht ein einziges Mal geschafft, alle dreißig Formen fehlerfrei aus Papier zu bringen. Aber das schaffte ja von den Jungen sowieso kaum jemand.

Nur ein Mal sah Jan Charly aus der Haut fahren. Er hatte die Pausenaufsicht und schlenderte durch den Sonnenschein. Die Rabauken der Zehnten waren nicht auf dem Schulhof erschienen, sondern einfach in ihrer Klasse geblieben. Ihr Opfer war ein Fünftklässler, der sich beim Pausenklingeln nicht schnell genug in Sicherheit gebracht hatte. Der Anführer der Bande packte ihn am Kragen und hielt ihn zum Spaß aus dem Fenster im dritten Stock. Während die Schüler vom Schulhof ungläubig zum Klassenfenster hochsahen, lief Charly wie von der Tarantel gestochen hinauf.

„Burkhard, hol den Kleinen wieder rein!"

Der arme Junge hatte sich in die Hose gemacht und weinte bitterlich. Er hatte noch nicht ganz wieder den rettenden Boden unter seinen Füßen berührt, da schlug Charly dem Flegel so fest mit der flachen Hand ins Gesicht, dass jedes weitere Wort überflüssig war.

XIV. Schule macht Spaß

Erdkunde hatten sie in der fünften Klasse beim Schimmel. Der war eigentlich schon pensioniert, aber aufgrund des Lehrermangels in den Jahren nach dem Babyboom hatte ihn der Direx aus dem Ruhestand zurückgeholt. Dabei hatte der alte Mann seinen Ruhestand wirklich verdient. Er taugte auch gar nicht mehr zum Unterrichten, er sah nicht mehr gut und er hörte auch nicht mehr gut.

Seine Schüler nutzten diese Situation schamlos aus und machten während des Erdkundeunterrichts ihre Hausaufgaben. Einer machte Mathe, ein anderer machte Deutsch. Es lagen alle möglichen Hefte und Bücher auf den Tischen, nur eben keine Erdkundebücher. Auch am Unterricht nahm keiner teil. Und wenn der Schimmel es doch mal drauf anlegte, dann antwortete man irgendetwas:

„Tja, das weiß ich auch nicht."

oder:

„Dazu fällt mir nichts ein."

Der gute Mann besaß nicht genügend Autorität, um sich zu wehren. Und man muss zugeben, Schüler können echt gemein sein.

Ab der Sechsten hatte Jan dann Erdkunde bei seinem Klassenlehrer Herrn Henze. Er war neu an der Schule. In einer Stunde behandelte er das südamerikanische Land Peru. Die Unterrichtseinheit hatte den Titel:

„Peru – der Bettler auf einem goldenen Thron".

Damit wollte er andeuten, dass das Land zwar reich an Bodenschätzen war, aber selber nur wenig davon profitierte. Allein schon die Tatsache, dass Jan sich sein Leben lang noch an diese Unterrichtsstunde erinnerte, beweist doch, dass der Unterricht sein Interesse weckte.

Aber auch außerhalb des Unterrichts waren die jungen Lehrer wie der Henze ein echter Gewinn für die Lehranstalt. Zusammen mit anderen Lehrern gründeten er und Charly eine Theatergruppe. Zwar spielten dort meist nur die Lehrer selbst und nur in Ausnahmefällen kamen Schüler auf die Bühne, aber das alles zeigt doch, dass sie selbst sich mit der Schule identifizierten und es ihnen gelang, ihre Schüler ebenfalls zu begeistern.

Der Henze gründete auch eine Foto-AG. Die Arbeitsgemeinschaft traf sich einmal die Woche nachmittags, um Fotos zu entwickeln. Auf einmal machte Schule Spaß, und die Schüler kamen sogar in ihrer Freizeit in die Schule! Kurz: Mit Herrn Henze kam die Zeitenwende.

XV. Spickzettel und Schreckschusspistole

Der Spickzettel war die klassische Variante des Schummelns. Auf den Zettel kamen Matheformeln, Englischvokabeln oder Jahreszahlen für Geschichte. Spickzettel mussten klein sein, damit sie der Lehrer nicht sofort sah. Um die komplette Formelsammlung auf einem winzigen Stück Papier unterzubringen, brauchte Jan mehr Zeit, als das Auswendiglernen derselben Materie erfordert hätte. Aber Schummeln war Ehrensache, man musste es tun.

Neben dem Spickzettel war das Abschreiben vom Heft des Nachbarn die verbreitetste Schummelmethode. Das wussten auch die Lehrer. Friedhelm Trenk war unser Biolehrer und kam gut vorbereitet zur Klausur. Sobald die schriftliche Prüfung begonnen hatte, herrschte höchste Konzentration und absolute Stille im Klassenzimmer. Plötzlich ließ ein lauter Knall alle Schüler aufschrecken. Da stand der Trenk mit einer rauchenden Schreckschusspistole in der Hand:

„Armin, ich weiß ja nicht, ob der nächste Schuss auch aus einer Plastikpistole kommen wird."

Armin hat zumindest in dieser Bioklausur nicht wieder abgeschrieben. Aber geschummelt wurde trotzdem noch.

Maike und Jan verstanden sich gut. In Physik waren sie beide nicht wirklich schlecht, aber bei einer Klassenarbeit weiß man ja nie genau, was drankommt. Sie sprachen sich ab, und dann lernte jeder einen Teil des zu prüfenden Themengebietes.

„Blauer Kuli?"

„Jo."

Während der Prüfung machten Maike und Jan alle Aufgaben, die sie gut konnten, und auch die, für die sie nicht besonders gelernt hatten. Kurz vor Ende der Stunde gaben die ersten Schüler ihre Arbeiten ab. Das war der Moment, in dem der Lehrer kurz abgelenkt war. Maike reichte ihre Arbeit nach hinten, ohne sich dabei ganz umzudrehen, und erhielt dafür Jans Klausurheft. Das Ganze dauerte nur eine Sekunde.

Für die restliche Zeit bis zur Abgabe konnte sie seine Aufgaben korrigieren und er ihre. Beim Klingeln war Jan ganz Gentleman und bot sich an, nicht nur sein eigenes Heft beim Lehrer auf das Pult zu legen, sondern auch noch Maikes Heft mitzunehmen.

Schummeln erforderte die Zusammenarbeit der Schüler untereinander, denn gegen den Willen des Nachbarn kann man ja nur schlecht abschreiben. Und aus genau diesem Grund ist es nicht übertrieben zu behaupten:

„Wer schummelt ist solidarisch."

XVI. Vanillinzucker

Der Unterschied zwischen Vanillezucker und Vanillinzucker besteht gerade mal aus einem „in", wo bei dem anderen Wort ein „e" steht. Er ist also kaum der Rede wert. Auch in anderen Sprachen ist der linguistische Unterschied nicht besonders groß. Im Spanischen wird Vanillezucker als *vainilla azucarada* bezeichnet, Vanillinzucker dagegen als *azúcar de vainilla*.

Der Preisunterschied beider Produkte ist da schon bedeutender, als das ihr fast identischer Name erwarten lässt. Jans Mutter bezahlte für fünf Tüten Vanillinzucker mit insgesamt 40 Gramm zwei Mark, Vanillezucker war dagegen zwanzigmal teurer. Seinen höheren Preis verdankt der Vanillezucker folgendem Umstand: Vanillinzucker ist Rübenzucker mit dem künstlichen Aroma *Vanillin*. Vanillezucker ist dagegen eine Mischung aus Zucker und gemahlener Vanille.

Wie bringt man Schülern der siebten Klasse bei, dass ein formal so winziger Unterschied wie zwei verschiedene Buchstaben zwei gänzlich andersartige Produkte bezeichnen können? Friedhelm Trenk wusste es, und zwar in Form einer Wette.

„Jeder, der mir in der nächsten Stunde eine Packung Vanillezucker mitbringt, bekommt zur Belohnung eine Tafel Schokolade."

Mehrere Schüler versuchten es am nächsten Tag, doch auf ausnahmslos allen Packungen stand das Wort *Vanillinzucker*.

„Tja, leider keine Schokolade für euch."

Das waren seine Worte, während der Lehrer sich das erste Stückchen genüsslich in den Mund schob. Doch der Friedhelm war ein guter Mensch, zog noch eine zweite Tafel aus seiner Aktentasche und so gab es doch noch für alle Schüler ein bisschen Schokolade.

Übrigens hat keiner der Schüler aus Jans Klasse hat je den Unterschied zwischen natürlichen und künstlichen Aromen vergessen.

XVII. Katzenmusik

Tiere waren in der Schule eigentlich verboten. Nur ausnahmsweise wurden einige in den Unterricht mitgebracht. Für den Biologieunterricht standen dem Lehrer eine Insektensammlung und ein paar ausgestopfte Tierkadaver zur Verfügung. Das war es dann aber auch schon.

Frau Runge war erst seit einigen Monaten an der Realschule tätig. Sie war überaus zierlich gebaut und versteckte ihr mangelndes Selbstvertrauen hinter mehreren Lagen Schminke. Einerseits bot sich die junge Referendarin geradezu dazu an, ihr einen Streich zu spielen. Andererseits besaß alles Verbotene, so auch der Einsatz von Tieren im Unterricht, eine bedeutende Anziehungskraft. Die Situation war für die Schüler schlicht unwiderstehlich, oder, um es mal mit den Worten des Physiklehrers zu sagen:

„Hier wirken also zwei Kräfte in dieselbe Richtung."

Als die gute Frau das Klassenbuch aufschlug, entfuhr ihr ein gellender Schrei beim Anblick der toten Ratte. Da der Schuldige sich nicht freiwillig melden wollte, gab es zur Bestrafung einen Klassentadel, nachdem die Ratte aus dem Buch entfernt worden war.

Der schönste Tierbesuch in der Schule war aber, als Paul einen streunenden Hund in den Klassenschrank sperrte. Natürlich blieb er da drin nicht still sitzen, bis der Religionsunterricht zu Ende war. Der Fossler begab sich also persönlich zum Schrank, um der Ursache für das störende Geräusch auf den Grund zu gehen.

Im selben Moment, da der Lehrer die Schranktür öffnete, sprang der Köter heraus und lief wie wild durch den Klassenraum. Der Fossler fiel unter dem grölendem Beifall der Schüler auf seinen Hosenboden. Paul hatte dem Hund Blechbüchsen an den Schwanz gebunden, deren Scheppern ihn ganz toll machte. Entkommen konnte er aber nicht, da die Klassentür ja verschlossen war. Schließlich musste der Lehrer einen Schüler bestimmen, den Hund einzufangen und aus der Schule zu bringen. Paul machte seine Aufgabe gut, und der Hund bekam zur Belohnung ein Leckerchen.

„Hier, Brauner, haste gut gemacht.“

XVIII. Thermodynamik

*„Was entsteht, wenn ihr eure Hände fest gegeneinander
presst und reibt?"*

So sah neuerdings die Einführung in ein Thema aus. Der Henze
unterrichtete in der siebten Klasse auch noch Physik, erst ab der
Achten machte das dann ein Spezialist, der auch Naturwissen-
schaften studiert hatte. Herr Obermeier kam aus Bayern in unsere
Kleinstadt, um, wie er sich auszudrücken pflegte, *„Entwicklungs-
hilfe zu leisten".* Er war schon deshalb etwas Besonderes, weil er
ganz anders sprach als die anderen Lehrer. Aber in diesen Genuss
kam Jan erst in der Achten. In der Siebten hatte er Erdkunde noch
beim Klassenlehrer, und da stand heute das Thema *Thermodynamik* auf dem Lehrplan.

*„Was entsteht, wenn ihr eure Hände fest gegeneinander
presst und reibt?"*

Alle Kinder rieben ihre Hände wie verrückt und waren ganz ge-
spannt darauf, was als Nächstes passieren würde. Hätte jemand
gewusst, was auf dem Lehrplan stand, und dann auch noch das
Wort *Thermodynamik* verstanden, dann wäre sicher jemand auf
die richtige Antwort gekommen. Das war aber nicht der Fall, denn
niemand in der Klasse hatte je von der griechischen *Thermodynamik* noch von der deutschen *Wärmelehre* etwas gehört.

Paul blickte ungläubig seine Handinnenflächen an und beant-
wortete sodann die Frage des Klassenlehrers wahrheitsgemäß:

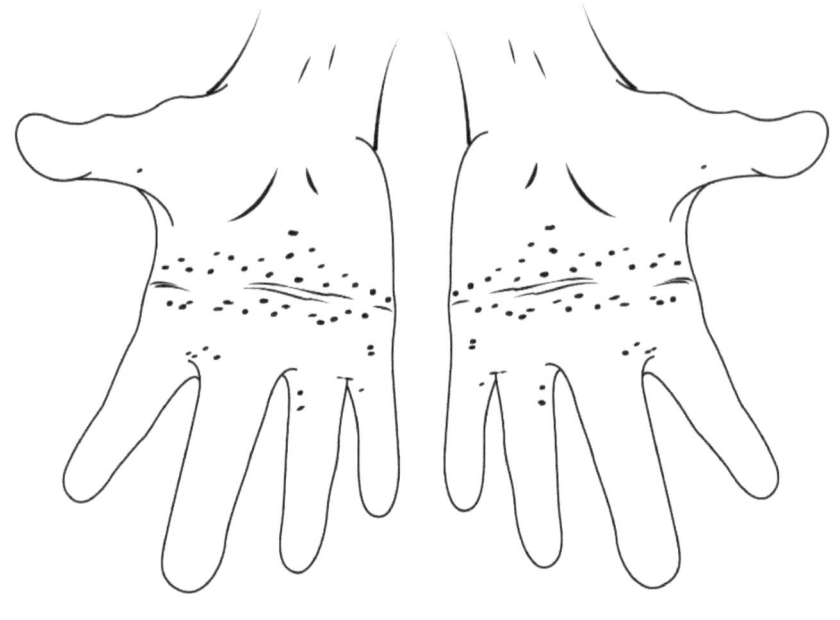

„Kleine schwarze Krümmel."

Die Schüler der Siebten waren eine explosive Mischung aus Spontanität und Naivität. Dadurch brachten sie alle zum Lachen, sich selbst, weil die Situation an Komik ja kaum zu überbieten war, und ihre Lehrer, weil mitzulachen einfacher war als zu resignieren. Das war auch besser so, und später haben sie dann doch noch den Zusammenhang zwischen Reibung und Wärme verstanden.

XIX. Fangmittelpaste

Der Klassenlehrer kam herein, zählte wie immer durch, ob auch alle Schüler anwesend waren. Was dann kam, war aber durchaus neu. Der Henze stand auf und ging zum Waschbecken in der Ecke des Klassenzimmers.

„Ihr tretet jetzt Einer nach dem Anderen vor, kommt zu mir ans Waschbecken und wascht euch die Hände!"

Alle erwarteten wieder ein Experiment und waren ganz aufgeregt. Jeder Schüler musste sich die Hände waschen und sie dem Lehrer zeigen. Paul wollte nicht schon wieder zum Gespött der Klasse werden und beschloss, nichts zu sagen, egal was nun auch passieren würde. Es passierte aber nichts.

Ohne weitere Erklärungen begann der Unterricht. Und so musste Jan bis zur Pause warten, um zu erfahren, dass in der Parallelklasse tatsächlich etwas passiert war. Bei einem Schüler hatten sich die Hände violett verfärbt, sobald diese mit dem Wasser in Berührung kamen. Und so sehr er sich auch die Hände wusch, die Farbe wollte nicht wieder verschwinden.

Einige Tage später kam dann der wahre Anlass des Waschtages heraus. Seit Wochen war es in der Schule nämlich immer wieder zu Diebstählen gekommen. Es verschwanden kleinere Geldbeträge aus den Taschen der Jacken, die die Schüler im Flur aufhingen. So sah sich der Direx gezwungen zu handeln. Er ging in das größte Kaufhaus der Stadt, wo er mit dem Ladendetektiv sprach. Die

Lösung des Problems nannte sich *Fangmittelpaste*. Er präparierte ein Portemonnaie mit der durchsichtigen Paste und platzierte sie strategisch günstig in einer Jacke auf dem Weg zu den Toiletten. Es waren immer dieselben Schüler mit einer schwachen Blase, die regelmäßig im Unterricht um Erlaubnis baten, mal austreten zu dürfen.

„Frau Runge, ich muss mal!"

Die Paste zieht in die obersten Hautschichten ein und lässt sich so schnell nicht wieder entfernen. So wurde der Langfinger des Diebstahls überführt. Der Direktor war nach all dem Aufwand nicht bereit, von der Höchststrafe abzurücken. Der Dieb wurde also zunächst vorläufig vom Unterricht suspendiert und im Anschluss an eine Schulkonferenz endgültig der Schule verwiesen.

So traurig die ganze Angelegenheit auch war, etwas Gutes hatte sie doch: Erzwungenermaßen erhielten die Schüler in kürzester Zeit nicht nur Einblicke in die Thermodynamik. sondern auch noch in die Funktionsweise hydrochromischer Fangmittel.

XX. Reformationstag

Religion und Geschichte unterrichtete in der Siebten der Fossler. Der *„Mann ohne Hals"* war klein und dick, und ein Hals war einfach nicht zu erkennen. Als Religionslehrer war er eher dogmatisch als weltoffen:

„Es gibt nur einen Gott. Und sein Sohn heißt Jesus Christus."

Wenn die Schüler etwas aufsagen mussten, stellte er sich immer hinter sie und streichelte ihnen die Ohrläppchen. Das war schon sehr unangenehm. Aber trotzdem protestierte niemand. Denn das eigentliche Problem war das nicht zu beschreibende Ausmaß an Langeweile in Religion und Geschichte. Der Fossler war die personifizierte Langeweile, weil er fast alles aus dem Buch ablas.

„Wir feiern den Reformationstag am 31. Oktober. An dem Tag veröffentlichte Luther 1517 in Wittenberg seine Thesen. Mit ihnen kritisierte er zum Beispiel, dass Christen sich von ihren Sünden freikaufen konnten. Das war der Beginn der Reformation der Kirche."

Der Kirchgang am Reformationstag war natürlich nicht freiwillig. Die Schüler liefen in Zweierreihen von der Schule bis zur Erlöserkirche und durften sich dort einen gefühlt endlosen Gottesdienst zum Thema *Reformation* anhören. Notgedrungen versuchten sie, dem Gottesdienst etwas Positives abzugewinnen. Die letzte Reihe der Kirchbänke war bereits besetzt, da saßen die Kartenspieler. In den vorderen Reihen wäre das zu gefährlich gewesen. Also versuchten Paul, Tom und Jan, sich die Langeweile durch einen Wettstreit in Lutherzitaten zu vertreiben. Dabei sprachen sie möglichst so verklärt wie der Reformator seinerzeit selbst:

„Wer nicht liebt Wein, Weib und Gesang, bleibt ein Narr sein Leben lang."

„Trau keinem Wolf auf wilder Heiden, auch keinem Juden auf seine Eiden, glaub keinem Papst auf sein Gewissen, wirst sonst von allen Dreien beschissen."

„Gott henkt, rädert, enthauptet, tötet und führt den Krieg. Das alles sind seine Werke und sein Gericht."

Von derartigen Sprüchen kursierten eine Menge in der Schule, allerdings halfen die Trinksprüche und Tischreden des Reformators nicht wirklich, die protestantische Botschaft zu verstehen. Daher war Luther für Jan zeit seines Lebens nur ein Rebell und kein Erneuerer.

Schwer zu sagen, ob er überhaupt jemals etwas beim Fossler gelernt hat. Tatsache aber ist, dass Jan nie in seinem Leben einen Zugang zur Religion gefunden hat. Immer wenn jemand auf das Thema zu sprechen kam, spürte Jan Fosslers Finger an seinem Ohrläppchen.

XXI. Nenn mir mal ´ne Gewerkschaft!

Einmal überraschte der Fossler seine Schüler im Geschichtsunterricht, weil er nämlich nicht mit seinem Standardsatz *„Buch auf!"* anfing, sondern zur Einführung in das Thema *Arbeiterbewegung* eine Frage stellte:

„Kann mir einer von euch mal eine Gewerkschaft nennen?"

Wahrscheinlich hatte er diese Eingebung bekommen, während er den Film *„Die Feuerzangenbowle"* sah. Da machte es ein Lehrer genauso und forderte seine Schüler auf:

„Jetzt stellen wir uns mal ganz dumm!"

Das mit dem Dummstellen klappte auch in Jans Klasse schon ganz gut, das mit dem Antworten noch nicht so ganz.

Schweigen in der Klasse.

„Na los! Das kann doch nicht so schwer sein."

Totenstille.

Klaus war ein wirklich helles Köpfchen, aber verzogen. Als Einzelkind war er es gewohnt, immer alles zu bekommen, was er wollte. Wahrscheinlich war er deshalb sozial inkompetent. Natürlich wusste er die Antwort, denn er kannte ja fast alle Gewerkschaften. Da gab es die *EVG* der Eisenbahner, die *GEW* der Lehrer und auch noch die *IG Metall*, da war sein Vater aktiv. Trotzdem antwortete er nicht auf die Frage, sondern genoss es, wie seine Klassenkameraden langsam nervös wurden und anfingen zu schwitzen.

„Also, Frank. Kannst du mir vielleicht den Namen einer Gewerkschaft nennen?"

Frank blieb fast das Herz stehen. Er blickte seinen Sitznachbarn hilfesuchend an, und wider Erwarten flüsterte Klaus ihm auch leise eine Antwort zu. In seiner Verzweiflung merkte Frank gar nicht, was er da nachplapperte:

„DAB."

Allerdings war *DAB* nicht der Name einer großen deutschen Gewerkschaft, sondern der einer großen deutschen Brauerei, *DAB* heißt nämlich Dortmunder Actien-Brauerei.

Das Gegröle in der Klasse war unbeschreiblich. Selbst der Lehrer konnte nicht an sich halten und, nachdem er sich seine Tränen mit dem Taschentuch getrocknet hatte, vergaß er sowohl Klaus für seine Frechheit zu bestrafen als auch Frank für seine Unwissenheit eine schlechte Note zu geben.

XXII. Einen schönen Tag noch

Die Nähe zu einem ebenso cleveren wie bösen Sitznachbarn tat Frank nicht gut. Von Klaus lernte er, wie man andere Schüler in die Pfanne hauen konnte. Sein Meisterstück in dieser Disziplin legte Frank am Ende des siebten Schuljahres ab, als die Zeugnisse verteilt wurden.

Das Interesse galt nicht etwa dem Primus, denn es verstand sich ja von selbst, dass er die besten Noten bekam. Und mal im Ernst, ob er nun drei, vier oder fünf Einsen bekommt, wen interessiert das schon, wenn man selber keine einzige Eins vorzuweisen hatte?

Alle wollten wissen, wer in diesem Jahr das Klassenziel nicht erreicht hatte. Da gab es gleich mehrere Kandidaten. Es war aber Peter, der das Jahr wiederholen musste. Er hatte eine Fünf in Mathe, in Englisch und in Deutsch. Drei Fünfen konnte man aber nicht mehr ausgleichen. Womit auch? Da Peter seit frühester Kindheit übergewichtig war, konnte er seinen Notenschnitt noch nicht einmal durch Sport verbessern. Wahrscheinlich fühlte sich Frank genau deshalb so überlegen.

In null Komma nichts verbreitete sich die Nachricht im Klassenraum. Zum Glück für Peter war es die letzte Unterrichtsstunde, und so konnte er niedergeschlagen den Heimweg beschreiten, um dort zu warten, bis seine Mutter von der Arbeit nach Hause kam.

Frank dagegen hatte es eilig und rannte fröhlich zu seiner Mutter. Einerseits hatte er trotz seiner mäßigen Leistungen das Schuljahr bestanden und andererseits gab es jemanden, der schlechter als er abgeschnitten hatte. Und so beeilte er sich, diese frohe Botschaft zu übermitteln.

Peters Mutter arbeitete als Verkäuferin in einer Bäckerei in der Innenstadt. Also bestellte Franks Mutter ein Graubrot, bevor sie Frau Wiemer auf den neusten Stand der Dinge brachte:

„Übrigens, Frau Wiemer, ihr Sohn ist dieses Jahr nicht versetzt worden. Er hat gleich drei Fünfen bekommen, in Mathe, in Englisch und in Deutsch. Mein Sohn hat dagegen viel bessere Noten als letztes Jahr bekommen. Einen schönen Tag noch!"

XXIII. Das Lied von der Glocke

Deutsch unterrichtete selbstverständlich der Klassenlehrer, und im Deutschunterricht der achten Klasse wurden noch Gedichte auswendig gelernt. Die zu diesem Zweck ausgewählten Werke der deutschen Literatur waren vor allem eins: ausgesprochen lang. Darüber hinaus hatten sie so gut wie nichts mit dem Leben dreizehnjähriger Schüler zu tun, was die Sache auch nicht einfacher machte. Ein Standardwerk, das Generationen von Schülern auswendig lernen mussten, war *Das Lied von der Glocke*:

> „*Fest gemauert in der Erden*
> *Steht die Form, aus Lehm gebrannt.*
> *Heute muss die Glocke werden,*
> *Frisch, Gesellen, seid zur Hand!*"

Um die insgesamt 30 Strophen des Gedichts von Schiller zu lesen, brauchte es schon eine halbe Stunde. Tom hatte zu keinem Zeitpunkt vor, sich das anzutun. Statt dessen trug er eine bedeutend kürzere Version vor, die er von einem Komiker aus dem Fernsehen gehört hatte:

> „*Loch in Boden, Bronze rin,*
> *Glocke fertig: Bim, bim, bim!*"

Trotz seines meisterhaften Vortrags brachte ihm die Kurzform eine Fünf im Mündlichen ein. Als Gesamtnote erschien trotzdem die übliche Vier im Zeugnis, die seine Versetzung nicht gefährdete.

In den folgenden Jahren erleichterte der Henze seinen Schülern das Leben. Statt Schillers *Glocke* mussten sie nunmehr nur noch Brechts bedeutend kürzere *Legende von der Entstehung des Buches Taoteking auf dem Weg des Laotse in die Emigration* auswendig lernen:

> *„Als er 70 war und war gebrechlich,*
> *drängte es den Lehrer doch nach Ruh,*
> *denn die Güte war im Lande wieder einmal schwächlich*
> *und die Bosheit nahm an Kräften wieder einmal zu.*
> *Und er gürtete den Schuh."*

Zum Ausgleich durften sie dann ein Jahr später noch ein Gedicht lernen, den *Zauberlehrling* von Goethe:

> *„Hat der alte Hexenmeister*
> *sich doch einmal wegbegeben!*
> *Und nun sollen seine Geister*
> *auch nach meinem Willen leben."*

Nachdem das Gedicht einmal auswendig gelernt war, konnte Jan es beim Besuch der Großeltern zur Aufbesserung seines Taschengeldes benutzen. Diese waren ganz angetan davon, wie fleißig der Enkel gelernt und wie schön und fehlerfrei er es auch noch aufsagen konnte. Zum ersten Mal in seinem Leben spürte Jan, dass Schulbildung wirklich etwas nützt.

XXIV. Der weiße Hai

Anfangs war *Schönschreiben* noch Schulfach. - Der Leser darf sich glücklich schätzen, dieses Heft in gedruckter Form in seinen Händen zu halten. Jans Handschrift kann bis zum heutigen Tag nur als *„unter aller Sau"* bezeichnet werden, und dasselbe traf auch auf seine Noten in *Schönschrift* zu. Die Schönschrift wurde in Form von Diktaten kontrolliert, die außerdem noch der Überprüfung der Rechtschreibung dienten. Jan war in beiden Disziplinen gleich schlecht.

Was das Lesen anging, gab es unterschiedliche Vorlieben in Jans Klasse: Die Jungs lasen Comics und Karl May. Die Mädchen lasen die *Bravo* mit den Tipps von Dr. Sommer. Fragen, die die Teenager beschäftigten, konnten sie dem „Sexperten" schreiben:

„Lieber Dr. Sommer, ich möchte bald zum ersten Mal mit meiner Freundin schlafen. Sie hat gesagt, dass dabei das Jungfernhäutchen platzt. Nun habe ich Angst, dass meine Eltern durch den Knall wach werden und uns erwischen!"

Die Lesegewohnheiten änderten sich erst in der Siebten: Jeder Schüler musste zu Hause ein Buch lesen und es der Klasse vorstellen. Die meisten wählten einen Klassiker der deutschen Literatur wie *Die Räuber* von Schiller, *Egmont* von Goethe oder *Aus dem Leben eines Taugenichts* des Romantikers von Eichendorff.

Frank war einfach gestrickt. Seine beste Zensur bekam er in Sport, waren doch der Vater und auch die Mutter hervorragende

Leichtathleten. Der Apfel fiel nicht weit vom Stamm, und so wurde auch Frank ein super Leichtathlet. Am Barren durfte er vorturnen und auch an den Ringen machte er eine gute Figur.

Mit der Literatur hatte er es aber nicht so. Dem Jungen fehlte der Zugang zu den großen deutschen Autoren, doch dafür begeisterte er sich für eine andere Sparte der Weltliteratur. Und so wählte Frank für die Vorstellung im Deutschunterricht das Buch zum Film *Der weiße Hai*.

DER WEIßE HAI

XXV. Rheinlandschaften

In der Achten erklärte man die Schüler zu selbständig denken-
den Wesen. Als solche sollten sie fortan in der Lage sein, eigene
Gedanken zu entwickeln. Und zu diesem Zweck ließ man sie Aufsätze schreiben. Für Jan war dies eine willkommene Möglichkeit,
die schlechten Noten aus den Diktaten auszugleichen. Doch nicht
alle seine Mitschüler nutzten diese Gelegenheit, wie sich bei der
Rückgabe der Hausaufgaben zeigte. Sie sollten eine Interpretation
schreiben. Und nein, es war keine Überraschung, dass Tom seine
Hausaufgaben nicht zu Hause gemacht hatte.

*„Tom, sehe ich das richtig, dass du nur ganze zwei Zeilen
geschrieben hast?"*

„Nein, es sind drei, Herr Henze!"

Die große Pause dauerte nur dreißig Minuten, da konnte man
halt keine Wunder vollbringen.

Nachdem Jan in der ersten Klassenarbeit der achten Klasse wieder eine Fünf bekommen hatte, kam nun ein Aufsatz dran. Das
war die Gelegenheit, seine Note in Deutsch zu verbessern. Die Aufgabe war auch denkbar einfach: eine Bildbeschreibung.

„Na, dann los! Ihr habt die ganze Stunde Zeit!"

Siegessicher nahm er seinen Füllfederhalter in die Hand und
analysierte das Bild. Es war ein Luftbild, von einem Flugzeug aus
aufgenommen. Im Vordergrund floss der Rhein. – Das stand in

der Bildunterschrift im Buch. – Weiter oben gab es Weinberge und am oberen Bildrand tauchte eine Ritterburg auf. Das Bild zeigte eine gänzlich friedliche, romantische Szene. Und genau das war das Problem. Da passierte nichts, keine Action.

Während des Aufsatzes versetzte Jan sich in die Szene auf dem Foto hinein, vergaß alles um sich herum und begann:

„Der reißende Fluss schlängelt sich zwischen den Felsen hindurch. Die Fluten erfordern die gesamte Aufmerksamkeit des Kapitäns, wenn er nicht an das Gestein gedrückt werden will. Schließlich trägt der Mann am Steuerrad die Verantwortung für mehrere Dutzend Passagiere!

Noch eine Kurve durch die Schlucht und er hat die Engstelle passiert. Während dessen ahnen die Gäste auf dem Ausflugsdampfer nichts von der drohenden Gefahr. Ihre Aufmerksamkeit gilt nicht den gefährlichen Fluten unter ihnen, nein, sie haben ihre Blicke nach oben auf die Felswand gerichtet. An dieser Stelle soll vor langer Zeit die Loreley so schön gesungen haben, dass Kapitän und Mannschaft beim Klang ihrer Stimme ihre Pflichten vergaßen und an den Fesen zerschellten.

Über allem thront die Ritterburg. Ihre Mauern umschließen die weiß gestrichenen Wohngebäude. Am höchsten ragt der runde Turm mit spitzem Schieferdach hervor. Wer die zahllosen Treppenstufen bis hier oben erklimmt, wird mit einer atemberaubenden Aussicht über das ganze Tal belohnt.“

XXVI. Glücksgefühle

Jan wusste selber nicht, wie lange er schon geschrieben hatte. Er war im Fluss und es strömte nur so aus ihm heraus.

„In zehn Minuten müsst ihr abgeben!"

Seine einzige Schwierigkeit war, einen Schluss zu finden.

„Die Weinreben streben dem Licht entgegen, scheinen förmlich nach der Sonne zu rufen. Diese durchflutet das Zentrum des Bildes. Ja, das muss ein guter Jahrgang werden."

Als er endlich fertig war, wartete der Henze bereits vor seinem Tisch und verlangte auch Jans Bildbeschreibung:

„Brauchste 'ne Extraeinladung?"

Jan war erschöpft, die Hand tat ihm vom Schreiben weh, aber er war selten mit einem Aufsatz so zufrieden wie heute. Und das Gefühl sollte sich noch steigern, als der Klassenlehrer die Aufsätze eine Woche später zurückgab. Erst verteilte er alle anderen Arbeiten, dann begann er aus Jans Aufsatz vorzulesen:

„Den größten Teil des Bildes nehmen jedoch die Weinberge ein. Die in immer gleichen Abständen von oben nach unten gesetzten Rebstöcke zeichnen Linien in den Weinberg. Diese werden in ebenso regelmäßigen Abständen durch horizontal verlaufende Zugangswege geschnitten. Zusammen ergeben sie eine Vielzahl gleich großer Rechtecke. Doch da das Gelände mal steiler und mal weniger steil abfällt, sieht jedes einzelne Viereck aus dieser Perspektive anders aus. Und so

ähnelt der Weinberg einem Netzstrumpf, der sich um den Schenkel einer Frau spannt."

Alle Schüler waren still, und sogar Paul ging ein Licht auf:

„Jo, ey, jetzt weiß ich auch, wie das geht!"

Jan hätte vor Stolz platzen können, doch die erwartete Belohnung blieb aus:

„Und das ist eine Fünf!"

Leider war das kein Witz. Der Lehrer zeigte der Klasse Jans Heft: Alles war rot. In jeder Zeile war irgendetwas mit Rot verbessert, es gab nicht einen Satz ohne Rechtschreibfehler.

„Wie soll ich jetzt noch auf eine Drei im Zeugnis kommen?"

Um es gleich vorwegzunehmen, das schaffte er natürlich nicht. Bei zwei Fünfen in den beiden Klassenarbeiten war dies auch seine Zensur im Zeugnis am Ende des Jahres. Daran konnte auch seine gute mündliche Teilnahme am Unterricht nichts ändern. Die Versetzung war trotzdem nicht gefährdet, denn es blieb in diesem Jahr seine einzige Fünf.

In den verbleibenden Jahren auf der Realschule vermied er es, sich nochmal für ein Aufsatzthema während der Klassenarbeit zu begeistern. Das stand einer guten Note nur im Weg. Man musste halt immer einen kühlen Kopf bewahren und ein Auge auf die Rechtschreibung haben.

XXVII. Die Früchte meiner Arbeit

Die Mathearbeiten beim alten Cramer waren nicht lustig. Eigentlich war er ein fairer Lehrer und fragte auch nur die Themen ab, die zuvor im Unterricht behandelt wurden. Doch was die Mathematik anging, gab es in der Klasse nur den Primus auf der einen Seite und auf der anderen der Rest der Klasse.

Der Primus hieß Kai, war der Sohn des örtlichen Metzgers und spielte in einer anderen Liga als die „normalen" Schüler. Eine Ausnahme bildeten vielleicht noch die beiden Schüler, die während der Klassenarbeit links und rechts neben Kai saßen. Die verstanden zwar auch nicht mehr von Mathe als Jan, doch ihre Noten waren besser als seine.

Dieses Jahr sollte alles anders werden. Dieses Jahr wollte Jan keine Vier schreiben. Dieses Jahr wollte er unbedingt auf eine Drei kommen. Unmöglich war das nicht, aber nicht all zu wahrscheinlich und auf jeden Fall mit einem hohen Arbeitsaufwand verbunden. Egal, er nahm sich fest vor, seine Note zu verbessern. Das war eine Frage der Selbstachtung. Also passte er im Unterricht gut auf und stellte gelegentlich sogar eine Frage.

Auch zu Hause investierte er Zeit und Energie in die abstrakte Welt der Mathematik und machte seine Hausaufgaben so gründlich wie nie zuvor. Das war alles andere als leicht, denn wie willst du die Hausaufgaben machen, wenn du das Thema nicht verstehst? Der alte Cramer kontrollierte die Hausaufgaben ab und zu.

In Jans Fall war die Neuerung zum Vorjahr, dass er Punkte für den Lösungsweg bekam. Für das Ergebnis dagegen bekam er keine Punkte, denn das war so falsch wie im Jahr zuvor.

Die Halbjahresklausur stand kurz bevor, und nun galt es, die wohlverdiente Ernte einzufahren. Mit dieser optimistischen Einschätzung der Lage stand Jan nicht alleine. Paul flog die Mathematik genau so wenig zu wie Jan. In der Pause vor der Mathearbeit bat er Jan inständig, ihm bei er Klausur zu helfen. Sie saßen ja schließlich nebeneinander. Wer sonst hätte Paul helfen können?

„Du musst mir helfen, sonst bleibe ich dieses Jahr sitzen!"

Jan bot ihm an, ihn abschreiben zu lassen.

„Vergiss es! Du bist Rechtshänder. Wenn du deine rechte Schulter nach hinten nimmst, merkt der alte Cramer das doch sofort."

„Was willst du denn dann?"

„Du musst mir eine oder zwei Aufgaben auf einen Zettel schreiben und zuschieben, wenn der Cramer nicht hinsieht."

Das hatten sie schon öfter praktiziert, aber in der Vergangenheit hatten sie sich die Arbeit immer zu mehreren geteilt, um gemeinschaftlich einen Schüler zu retten, bei dem die Versetzung gefährdet war. Jetzt hing es an Jan alleine, denn Pauls Sitznachbar zu seiner Rechten war in Mathe, um es mal vorsichtig auszudrücken, kein Genie.

„Ok, eine oder zwei Aufgaben, aber den Rest schreibst du gefälligst selbst!"

Die Klassenarbeit begann und Jan hielt Wort. Die erste Aufgabe war nicht sonderlich schwer, also löste er sie in seinem Heft und kopierte sie dann für seinen Nachbarn auf einen Zettel. Als der Lehrer kurz mal abgelenkt war, schob er Paul den Zettel rüber. Der hatte die ersten beiden Seiten in seinem Heft frei gelassen und hatte sich in der Zwischenzeit mit der letzten Aufgabe beschäftigt.

„Danke. Jetzt noch eine!"

Also machte Jan sich an die nächste Aufgabe und löste sie zuerst in seinem Heft, dann schrieb er sie ab und schob Paul den Zettel zu.

„Danke. Nur noch eine einzige Aufgabe! Bitte, hilf mir!"

Paul war den Tränen nahe. Er musste ja echt Angst um seine Versetzung haben. Also gut. Noch eine.

Als sie die Mathearbeiten eine Woche später zurückbekamen, ahnte Jan nichts Gutes. Während der Klausur war er so mit dem Kopieren der Aufgaben für Paul beschäftigt, dass er nicht genug Zeit hatte, alle seine eigenen Aufgaben zu lösen. Das Ergebnis war ein Mangelhaft. Nachdem Jan so viel gelernt hatte, war das schon eine herbe Enttäuschung. Doch als er Pauls Note sah, traf ihn echt der Schlag: Der hatte eine Drei! Klar, während Jan alle Aufgaben doppelt schrieb, hatte Paul Zeit, um sich den letzten Aufgaben zu widmen. Jan dagegen nicht.

XXVIII. Klassensprecherin

Jan ging in eine Klasse mit 36 Kindern. Das war einer der Nachteile, wenn man ein Kind des *Babybooms* war. Und in dieser Klasse war anfangs immer ein Mädchen Klassensprecherin. Der Grund dafür, dass die Klassensprecherinnen immer Maike, Heike oder Ute hießen, war schlicht und ergreifend, dass von den 36 Schülerinnen und Schülern in seiner Klasse 21 Mädchen waren. Wenn am Anfang des Schuljahres eine neue Klassensprecherin gewählt wurde, dann wurde es immer das Mädchen, das sich als erstes zur Wahl stellte.

Die Gruppierung von Schülerinnen und Schülern auf dem Pausenhof war ein perfektes Abbild ihres Weltbildes. Es bildeten sich Gruppen von Jungen und Gruppen von Mädchen, säuberlich getrennt. Da mischte sich kein Junge unter die Mädchen, auch nicht aus Versehen. Die Mädchengruppe unterteilte sich in verschiedene kleinere Ansammlungen bester Freundinnen. Antje war Kirstens beste Freundin, also hingen sie immer zusammen ab. Heike und Sabine waren so etwas wie die Cheerleaderinnen der Klasse. Ihre Gruppe war daher auch größer als die Zweier- und Dreiergruppen der anderen Mädchen. Jan schaute sich das Weltbild auf dem Schulhof an und von seinem Geltungsbedürfnis getrieben überlegte er:

„Wie kann ich Klassensprecher werden?"

Da kam ihm plötzlich ein teuflischer Plan. Wenn das mit der Hilfe der Jungen allein nicht möglich war, musste er die Mädchen gegeneinander ausspielen. Sofort informierte er die Jungs von seinem Plan. Nicht, dass ihm da einer aus schierer Dummheit Mist baute! Denen war ja alles zuzutrauen. Das neue Schuljahr war gerade mal eine Woche alt, da kam der Klassenlehrer in den Raum:

„Alle reißen einen Zettel aus ihrem Heft! Wir wählen jetzt die neue Klassensprecherin. Vorschläge?"

Ein lautes Gerumpel war zu hören, als alle 36 Schülerinnen und Schüler gleichzeitig ihre Hefte aus den Schultaschen kramten. Es folgte das Zischen vom Zerreißen des Papieres, bis alle 36 Stimmzettel in handlicher Größe zurecht gerissen waren.

„Antje", tönte Jan los.

„Heike", rief Kai wie verabredet.

„Birgit", schrie ein Junge aus der letzten Reihe.

Dann war Paul an der Reihe: *„Jan"*.

Antje erhielt zwei Stimmen, die von Kirsten und ihre eigene. Heike kam nur auf zwölf, also neun weniger als im letzten Jahr, denn Birgit brachte es auf sieben Stimmen. Und so wurde Jan mit fünfzehn Stimmen neuer Klassensprecher. Der erste Junge in diesem Amt. - Und er begriff, dass die Schule nur ein Abbild in klein der großen Welt da draußen war.

XXIX. Weihnachtskerzen

In den nächsten Wochen verflog die Begeisterung schnell, denn Jan merkte, der Klassensprecher hat entweder nichts oder nichts Angenehmes zu tun. Zur Unterstützung des Roten Kreuzes wurden in seiner Schule kurz vor Weihnachten Kerzen verkauft. Sie hatten einen glänzenden Blechständer und eine Papierbanderole mit der Aufschrift *„Deutsches Rotes Kreuz"* sowie ein rotes Kreuz. Die Hälfte des Kaufpreises von zwei Mark und fünfzig ging an das Rote Kreuz.

Das Verkaufen war kein Problem, denn alle wollten eine Kerze haben. Das Abrechnen gestaltete sich dagegen schon schwieriger. Der Grund dafür waren nicht so sehr Jans mangelnde Kenntnisse in Mathe, sondern die Zahlungsmoral seiner Mitschüler. Es dauerte Wochen und unzählige Ermahnungen, bis das Geld fast zusammen war. In einem Fall aber schaffte er es einfach nicht. Andrea zahlte 50 Pfennig an, mehr kam nicht.

„Also, wenn du nicht bald mit dem Geld rüberkommst, sage ich es dem Klassenlehrer!"

Irgendwann war Jan es leid, ihr hinterherzulaufen, und meldete den Fall. Der Henze stellte Andrea vor versammelter Klasse zur Rede, und da brach es dann unter Tränen aus ihr heraus:

„Mein Bruder und ich wollen unseren Eltern ein Geschenk kaufen. Sie haben in drei Wochen ihren zwanzigsten Hochzeitstag. Wir sparen schon lange, aber es reicht noch nicht."

Mehr brachte sie nicht heraus. Weinend und mit hochrotem Kopf saß sie da. Niemand wagte etwas zu sagen, noch nicht einmal der Klassenlehrer, so sehr bewegte uns, was wir da hörten. Jan fühlte sich zum Kotzen, weil er Andrea so bedrängt und schließlich beim Klassenlehrer gemeldet hatte. - Irgendwie wurde die Angelegenheit dann doch noch gelöst.

Ein anderes Mal musste Jan einen Schulschwänzer aufsuchen, um ihn zur Rückkehr in die Schule zu überreden. Rainer verbrachte seine Zeit neuerdings in einem kleinen Laden für Elektronikartikel, wo er so schnell wie möglich arbeiten wollte, statt sich mit Englischvokabeln rumzuschlagen. Er war so fasziniert von den Artikeln in „seinem" Geschäft, dass er Jan praktisch gar nicht zuhörte. Keine Chance! Also ging der Vorgang danach den offiziellen Weg. Jan hat Rainer nie mehr wiedergesehen.

XXX. Vierunddreißig Mark fünfzig

Die Sache mit Andrea und mit den Rote Kreuz-Kerzen war gerade erst vorbei, als auch schon der nächste Skandal die Klassengemeinschaft erschütterte. Drei Tage vor den Weihnachtsferien kam es zum großen Knall. Klaus hatte Silvesterknaller mit in die Schule gebracht. Keine Ahnung, ob sie ihm sein Opa geschenkt oder er sie sich vom Taschengeld selber gekauft hatte. Auf dem Schulhof durfte er sie nicht zur Explosion bringen. Also entfernte sich eine Hand voll Jungen und ging bis zur Straße hinter der Schule. Von hier war der Knall schwerlich bis zum Lehrerzimmer zu hören, dachten sie jedenfalls.

Kaum hatte es geknallt, war auch schon die Pausenaufsicht zur Stelle. Englischlehrer Kruse kam angelaufen, es war nämlich seine alte Limousine, die dort parkte, wo die Jungs den Knaller hochgehen ließen. Jedem anderen Lehrer der Schule wäre es vermutlich zu peinlich gewesen, sich mit so einer Schrottkarre sehen zu lassen. Möglicherweise war das auch der Grund, weshalb der Kruse nicht vor sondern hinter der Schule parkte.

Auf der cremefarbenen Kühlerhaube seines Autos lagen einige Sandkörner und ein winziges Klümpchen Erde, nicht größer als ein Zehnpfennigstück. Trotzdem waren alle überrascht von der Wirkung der Explosion. Kruse begutachtete den Schaden.

„Unerhört! Einfach unerhört!"

Beim Verhör durch den Direktor waren die Schuldigen geständig: Klaus hatte den Knaller gekauft, Jan ihn in die Erde neben der Schulhofmauer gesteckt und Martin hatte ihn angezündet. Der Direktor traf eine salomonische Entscheidung:

„Keiner der drei Übeltäter wird von der Schule verwiesen, aber die gesamte Klasse hat für den entstandenen Schaden zu haften."

Der Kruse lächelte spöttisch.

Nach den Weihnachtsferien präsentierte er Jan die Rechnung. Die Handwäsche und das Wachsen seines Wagens kosteten sage und schreibe 34,50 DM, in Worten: vierunddreißig Mark fünfzig. Kruse hatte es nicht nötig, mit Jan über die Höhe des Betrages zu diskutieren. Was der Direktor sagte, was Gesetz.

Also ging Jan zur Bank, plünderte die Klassenkasse und er wusste, Klassensprecher war nichts für ihn.

XXXI. Bundesjugendspiele

Die Bundesjugendspiele sind eine Sportveranstaltung, bei der Schülerinnen und Schüler im 100 Meter- und im 1.000 Meter-Lauf, im Weit- und im Hochsprung sowie im Kugelstoßen antraten. Nicht alle waren Spitzensportler und so hielt sich die Begeisterung für die Bundesjugendspiele in Grenzen. Die Teilnahme an der Veranstaltung war verpflichtend, also zog eine lange Schlange von Jungen und Mädchen mit ihren Turnbeuteln zum Sportstadion. Die Bundesjugendspiele in der neunten Klasse waren jedoch speziell, weil sich der Henze wieder einmal etwas hatte einfallen lassen:

„Herr Bärlein von der 9b und ich fordern euch zum Wettlauf heraus. Wir wetten einen Kasten Bier, dass wir die 5.000 Meter schneller schaffen als ihr."

Der Bärlein war Fußballer, der Henze eher der Skifahrer. Auf jeden Fall wäre es schon toll, gegen die beiden zu gewinnen.

Die Rennbahn im Stadion maß exakt 400 Meter. Für die 5.000 Meter musste man also zwölf und eine halbe Runde drehen. Der Startschuss fiel, und Jan war überrascht, wie langsam seine Lehrer das Rennen angingen. Die Schüler dagegen liefen etwa genau so schnell los, wie bei einem 100 Meter-Rennen. Es war schon ein erhebendes Gefühl, in irgendetwas mal besser zu sein als ein Lehrer. Doch für die meisten hielt das erhabene Gefühl nicht lange an. Nach einer Runde waren nur noch die Hälfte der Schüler im Rennen, und mit jeder neuen Runde sank die Zahl der Läufer.

Die Mädchen der Klasse hatten gar nicht erst teilgenommen, sondern sich sofort auf die Plastiksitze der Tribüne gesetzt und genossen das Spektakel von dort aus. Wieder einmal zeichneten sie sich durch ihren größeren Sinn für die Realität aus. Die Jungs, die nach der ersten Runde schon nicht mehr konnten, suchten sich auf der überdachten Tribüne mit 10.000 Plätzen eine Sitzgelegenheit:

„Ist hier noch ein Platz frei?"

Die beiden Lehrer hatten sich das Rennen gut eingeteilt, doch in Runde sieben schied auch der Fußballer aus. Jetzt waren nur noch der Henze und vielleicht fünf oder sechs Schüler dabei.

Jan lag an der zweiten Position. Das gute Gefühl hielt an, ja es wurde immer erhebender. Mit einer halben Runde Vorsprung lief vor ihm sein Klassenkamerad Paul. Es war gar nicht daran zu denken, ihn einzuholen. Die Ruhe, die er ausstrahlte, und auch die Geschwindigkeit, mit der er völlig konstant seine Runden drehte, das alles sagte Jan, dass Paul das Rennen bereits gewonnen hatte, obwohl doch noch vier Runden zu laufen waren.

XXXII. Sprinten ins Glück

Hinter Jan kam ein Schüler aus der Parallelklasse, Thomas. Es war nicht leicht zu sagen, aber Jan bildete sich ein, dass Thomas näher kam. In der zweiten Rennhälfte waren nur noch so wenige Läufer im Rennen, dass die Lehrer am Zielstrich mit der Stoppuhr in der Hand die Zeiten der verbliebenen Läufer ansagten.

„Du siehst aber schlecht aus, Junge. Hast echt einen roten Kopf! Geht es dir gut?"

Charly versuchte die noch im Rennen verbliebenen Schüler durch diese Art von Kommentaren zu provozieren und vielleicht sogar zur Aufgabe zu bewegen. Es fehlten aber nur noch drei Runden oder 1.200 Meter. Das Schlimmste lag hinter Jan, Thomas auch, aber jetzt war klar, er kam wirklich näher. Jan hatte gar keine Strategie für diese Situation, also lief er, was er konnte. Thomas kam trotzdem näher, langsam zwar, aber der Abstand zwischen ihnen verringerte sich mit jeder Runde.

Die letzte Runde war angebrochen. Gerade war Paul ins Ziel gekommen und hatte den Kasten Bier für die Schüler gewonnen. Alle übrigen Läufer inklusive des Klassenlehrers waren mittlerweile bereits überrundet worden. Thomas befand sich nun direkt hinter Jan, aber er lief nicht an ihm vorbei. Er wollte es tatsächlich auf einen Zielsprint ankommen lassen. Nach 4.900 Metern wollte er sprinten!

„Hallo? Geht es noch?"

Noch 100 Meter, Jan konnte Thomas schnaufen hören.

„pfffff …"

Noch 80 Meter. Na, wann legt er denn los? Noch 60 Meter, der Zielstrich war so nahe. Da endlich wurde Thomas schneller. Jetzt ging es um die Wurst. Sie legten beide einen Zahn zu. Jan wollte sich nicht kampflos geschlagen geben, also liefen beide so schnell sie konnten. Noch 20 Meter. Da konnte Jan einfach nicht mehr. Er wurde langsamer. Thomas hatte ihn geschlagen. Jan gab auf und lief noch langsamer. Er schaffte es so gerade noch über den Zielstrich, dann legte er sich fix und fertig auf die Tartanbahn.

Schließlich wurde Jan Dritter. Ja, er sah schlecht aus. Und ja, er hatte einen roten Kopf. Und nochmal ja, es ging ihm gut, denn es war keine Niederlage, es war ein erhebendes Gefühl!

XXXIII. Das schönste Mädchen der Klasse

In den ersten Jahren auf der Realschule war das Weltbild der Jungen und Mädchen noch vom Gegensatz Jungen – Mädchen geprägt. Sie besuchten denselben Klassenraum, lebten aber doch in verschiedenen Welten. Dann begann die Revolution in den Köpfen. In der Tanzschule meldete sich Jan noch an, weil es alle in der Klasse so machten. Also lernte er mit mäßigem Erfolg Walzer, Tango und Samba.

„Darf ich um diesen Tanz bitten?"

Doch bald schon schenkte er den Mädchen seiner Klasse Aufmerksamkeit, auch wenn gar keine Tanzstunde war. Das schönste Mädchen der neunten Klasse hieß Irene. Sie war auch die Erste der Klasse, die mit Stöckelschuhen rumlief. Jan sah sie eines Nachmittags, wie sie mit den Dingern durch die Stadt lief. Wahrscheinlich übte sie noch. Jedenfalls wackelte alles an ihr.

Irene machte sich aber nichts aus unreifen Jungs, und suchte den Kontakt zu Älteren. Die fuhren Motorrad oder Auto und konnten ihr mehr bieten als ihre Klassenkameraden. Kurz vor Ende des Schuljahres verschwand Irene aus der Klasse. Sie war aber nicht etwa in eine andre Stadt gezogen, nein, ihre Eltern hatten sie von der Schule genommen. Einer ihrer älteren Freunde hatte sie vergewaltigt. Die Lehrer wollten oder durften uns keine Einzelheiten zu dem Vorfall nennen. Kein Schüler hat jemals wieder etwas von der schönen Irene gehört.

Sei es, dass sich das Verhalten der Schülerinnen und Schüler durch die Verarbeitung dieser Straftat veränderte, sei es, dass sie von selbst erwachsener wurden, jedenfalls funktionierte der Gegensatz Junge – Mädchen nicht mehr. Mit 15 Jahren sprachen auf einmal Jungen und Mädchen auf dem Schulhof miteinander. Das hatte es in den Jahren zuvor so nicht gegeben. Auch die bis dahin streng aufrecht erhaltene Sitzordnung im Klassenzimmer veränderte sich.

„Sollen wir uns in der Klasse zusammen setzen?"

Sabine fand das ewige Gehabe von wegen hier die Jungen und da die Mädchen ziemlich doof, und deshalb war sie mit Jans Vorschlag einverstanden. Am nächsten Tag saßen sie beide an einem Tisch. Zum ersten Mal seit vier Jahren saß Jan nicht zwischen Tom und Paul. Es war ungewohnt, aber es fühlte sich gut an.

Nach der Schule begleitete Jan das schönste Mädchen der Klasse immer ein wenig auf ihrem Heimweg. Wenn er einen kleinen Umweg machte, konnte er noch einen Moment lang länger bei ihr sein.

„Willst du mit mir gehen?"

Aber Sabine war nicht interessiert. Das ist verständlich, denn in ihrer Klasse hätte sie ja jeden Jungen haben können. Aber keiner hatte sie interessiert. Ab diesem Tag konnte Jan sich dann auch den kleinen Umweg sparen.

XXXIV. Udo der Schläger

Udo war kein lieber Junge. Bei einer Schlägerei hatte er einen Schneidezahn verloren. Seither trug er einen Ersatz, doch die Prothese wackelte beim Sprechen. Das war für sein Gegenüber lustig anzusehen. Allerdings wagte niemand, ihn wegen seines Wackelzahns auszulachen, denn Udo verstand keinen Spaß.

Udo verstand überhaupt nur eine Sprache: Gewalt. Im Umkehrschluss bedeutete das aber auch, dass er in Englisch keine große Leuchte war. Nur seine Probleme in Mathematik waren noch größer. Dem konnte man den Dreisatz immer wieder erklären, da war nichts zu machen. Also löste Udo das Problem auf seine Weise:

„Los! Rück schon die Mathehausaufgaben raus, sonst polier ich dir die Fresse!"

Das wirkte, denn Udo besaß einen mächtigen Verbündeten: Er hatte die Angst der übrigen Schüler auf seiner Seite. Der Primus öffnete also seinen Tornister und händigte dem Schläger das sauberste Aufgabenheft aus, das Jan in seinem Leben gesehen hatte. Zehn Minuten später bekam Kai sein Heft zurück. Es war nicht mehr ganz so sauber wie vorher und auch etwas zerknickt, aber immer noch ansehnlicher als Jans.

Erst waren es nur die Hausaufgaben in Mathe und Englisch. Doch letztendlich arbeitete die halbe Klasse dem Schläger zu. Selbst in Fächern wie Religion, wo man ja fast jeden Mist schreiben konnte, zog es Udo vor, sich durch die Hausaufgaben anderer

„inspirieren" zu lassen. Also entweder hatte der Fossler die Aufsätze seiner Schützlinge über ihre letzte gute Tat nie gelesen oder er fand es normal, dass gleich zwei Schüler einer alten Frau die Einkaufstasche getragen hatten. Und dann auch noch Udo! Jedenfalls nahm in all den Monaten kein einziger Lehrer Anstoß daran, dass Udos gesamte Arbeiten identische Kopien seiner Klassenkameraden waren.

Auch bei den Klassenarbeiten kam Udos erfolgsbewährte Methode zur Anwendung. Er schärfte seinen Nachbarn zu beiden Seiten vor jedem Test und vor jeder Klassenarbeit ein:

> *„Du lässt mich abschreiben, sonst schlag ich dich zusammen, wie du es noch nie erlebt hast!"*

In Jans Klasse wussten alle, was es heißt, *„sein blaues Wunder zu erleben."* Für sie war es keine Überraschung, sondern die schmerzhafte Realität, wenn am Tag nach Udos letzter Abreibung blaue Flecken auf dem Rücken, der Brust und den Oberarmen erschienen. Es traf alle Jungs aus der Klasse, mal auf dem Pausenhof, mal auf dem Flur oder in der Klasse. Besonders schlimm aber war es, wenn Udo einen Schüler auf der Toilette erwischte. Da widmete er sich einem nämlich mehr Zeit und machte seine Arbeit gründlich. Niemand war vor dem Schläger sicher.

XXXV. Tom fehlt

Eigentlich lief es gut für Udo, und es hätte weiter so laufen können. Doch leider war Udo auch jetzt noch gemein zu seinen Mitschülern. Und dieses Mal traf es Tom.

Alle saßen nach der Pause wieder auf ihren Plätzen. Als sich Tom nach vorn beugte, war dies eine Einladung für den Schläger. Ohne Warnung schlug er ihm voll in die Rippen. Tom krachte zuerst auf den Tisch und dann auf den Boden. Er bekam keine Luft mehr und röchelte nur noch. Udos Analyse der Situation war:

„Was für eine Memme! Du erbärmlicher Schwächling!"

Da kam von der Klassentür auch schon der Ruf:

„Der Cramer kommt!"

Der Lehrer merkte zunächst nichts und begann seinen Unterricht wie immer. Es dauerte eine ganze Textaufgabe, bis dem alten Cramer Toms roter Kopf auffiel.

„Ja, was ist denn mit dir passiert, Tom?"

„Der ist hingefallen und hat sich das Knie gestoßen."

Keiner wagte es, Udo zu widersprechen, und dem Experten in Wahrscheinlichkeitsrechnung erschien die Erklärung plausibel. Der Cramer merkte nichts, selbst wenn das Opfer tränenüberströmt vor ihm stand. Und wenn wirklich mal ein Schüler zum

Direktor gegangen wäre, hätte das der Denunziant wohl kaum unbeschadet überstanden, und deshalb kam es auch nie dazu.

Nach dem Vorfall fehlte Tom eine Woche lang. Schüler und Lehrer gingen davon aus, dass er krank im Bett läge. Doch Tom schwänzte die Schule, bis er zwei Polizisten über den Weg lief:

„Sag mal, du müsstest doch jetzt in der Schule sein! Wie alt bist du denn?"

„Sechzehn.", log Tom, aber seine Schultasche sagte etwas Anderes. Und so kam Tom in den Genuss einer Fahrt mit dem Streifenwagen zur Schule. Das wäre vielleicht der Moment gewesen, den Schläger anzuzeigen. Aber auf den Gedanken kann auch nur jemand kommen, der noch nie von Udo in die Mangel genommen worden war.

„Na, du Angsthase! Biste wieder zurück?"

Tom nahm es in den folgenden Wochen ruhig. Während der Tests ermöglichte er dem Schläger in vorbildlicher Weise das Kopieren seiner Arbeiten. Für Udo war die Welt wieder in Ordnung, und so ging das Schuljahr dem Ende zu und die Abschlussklausuren standen bevor.

Für Udo war die Matheklausur die wichtigste Arbeit. Er musste sie bestehen, denn im Falle einer Nachprüfung oder eines mündlichen Tests hätte er keine Chance gehabt. Doch seine Ängste waren völlig unbegründet. Wie erwartet ließ Tom den Schläger bereitwillig abschreiben, allerdings nur am Anfang. Gegen Mitte der Prüfung verschwand Toms Heft plötzlich nach links, so dass Udo nicht mehr von ihm abschreiben konnte. Das war aber kein Problem, denn Udo hatte ja schließlich zwei Nachbarn. Wie auf Kommando erschien Jans Klassenarbeit gut einsehbar auf Udos rechter Seite und so konnte der Schläger den zweiten Teil der Prüfung dort abschreiben.

In der Woche vor den Sommerferien kamen dann die Ergebnisse. Tom und Jan hatten jeder ein *Ausreichend* in der Matheprüfung; Udo ein *Ungenügend*. Eine Sechs bedeutete aber, dass er nicht versetzt wurde. Udo blieb nun bereits zum zweiten Mal sitzen, und das bedeutete, dass er die Schule verlassen musste.

Im selben Moment, als das Klingeln ertönte, empfing der Direktor Tom und Jan an der Klassentür. Udo schäumte vor Wut, als er hinter dem Direx Toms Vater erkannte. Nun konnte er die beiden nicht wieder verprügeln. Und dasselbe Spiel wiederholte sich während der verbleibenden vier Schultage. Der Direx wollte aber auch die Einzelheiten der Angelegenheit erfahren. Also bestellte er Tom und Jan noch einmal zu sich ins Büro.

„Wie habt ihr es denn geschafft, dass er die Matheaufgaben nicht bei euch abschreiben konnte?"

„Er hat ja abgeschrieben, aber die Ergebnisse waren allesamt falsch. Wir haben ihn absichtlich die falschen Ergebnisse abschreiben lassen, ich die ersten drei Aufgaben und Jan die letzten drei Aufgaben. Das ist ja auch der Grund dafür, dass wir selber nur gerade so bestanden haben."

„In deinem Fall, Tom, kann ich verstehen, dass du dich gegen Udo wehren wolltest."

„Ich merkte, dass es für mich keinen anderen Ausweg gab."

„Aber was ist mit dir, Jan? Warum hast du ihn reingelegt? Hattest du denn keine Angst vor Udo?"

„Ja, aber Tom und ich sind halt ziemlich beste Freunde."

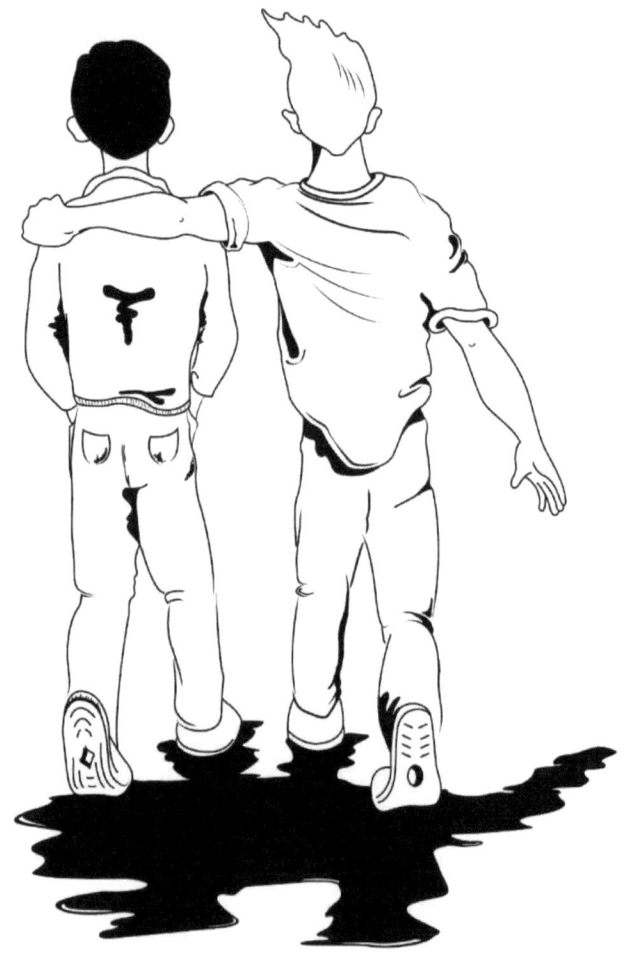

XXXVI. Die schöne Beatrice

Paul war ein stiller Typ, aber wie das Sprichwort schon sagt: *„Stille Wasser sind tief".* Er war allen anderen in der Klasse in vielen Dingen voraus. In Sachen Musik zum Beispiel hatte er einen völlig anderen Geschmack als die anderen. Sie hörten in der neunten Klasse die *Beatles, Slade* und *Suzy Quatro,* er hörte *The Doors.* Sie trugen Turnschuhe, er Cowboystiefel. Sie waren stolz auf ihre verzierten Gürtelschnallen, er trug gar keinen Gürtel.

„Jeans müssen ohne Gürtel sitzen. Gürtel sind dekadent."

Mit 15 Jahren hatte niemand in der Klasse eine Freundin, und der Grund dafür war, dass die Jungs sich gerade für die Mädchen interessierten, die sich nichts aus ihnen machten.

Die schöne Beatrice war ein Jahr älter als der Rest. Sie war atemberaubend schön, ohne Zweifel das schönste Mädchen der Schule. Sie hatte langes, blondes Haar und war im Gegensatz zu den meisten Schulkameraden sehr gepflegt. Wenn sie lächelte, zeigte sie ihre strahlend weißen Zähne. Ihre blauen Augen waren so schön! Alles an ihr war schön. Beatrice war das Synonym für Schönheit.

Doch sie hatte keinen Freund. Was sich zunächst wie ein Widerspruch anhört, war nicht wirklich einer. Sie war zu schön für einen Freund, jedenfalls für einen Freund von ihrer Schule. Beatrice war für ihre Mitschüler unerreichbar, außer per Telefon:

„Hallo Beatrice, ich dachte, ich melde mich mal bei dir."

Die große Pause war zu Ende und Jan kam auf dem Weg in seine Klasse an der Klasse der schönen Beatrice vorbei. Da standen Beatrice und ihre Freundinnen neben der Tür, guckten Jan an und lachten. Jan hatte keine Ahnung, was da passiert war, jedenfalls konnte sich die schöne Beatrice vor Lachen kaum halten. Was hatte ihn da bloß zum Gespött der Schule gemacht?

Die Aufklärung kam eine Woche später. Paul beichtete Jan, dass er bei der schönen Beatrice zu Hause angerufen hatte. Leider hatte er sich nicht getraut, seinen eigenen Namen zu sagen, und deshalb hatte er Jans benutzt.

Auch die schöne Beatrice hatte kein Glück in Beziehungsangelegenheiten. Nur wenige Jahre nachdem sie von der Schule abgegangen war, hatte sie auch schon mehrere Ehen hinter sich. Zwar wurden andere Leute auch geschieden, doch Beatrices Gespür dafür, sich immer das größte Arschloch zu angeln, war schon beeindruckend. Mal unterschrieb sie für ihren Partner einen Kreditvertrag, für den sie am Ende natürlich selber geradestehen musste; mal betrog sie ihr Mann und fuhr schon im ersten Ehejahr zweigleisig. Jedenfalls hielt keine ihrer Beziehungen länger als ein oder zwei Jahre. Andererseits konnte sie auch nicht alleine sein, und so war der nächste Griff ins Klo nur eine Frage der Zeit.

XXXVII. Ich gehe meilenweit …

In der Abschlussklasse war Jan sechzehn und definitionsgemäß noch nicht erwachsen. Allerdings war das Verlangen der meisten Teenager enorm, endlich etwas darzustellen. Da er und seine Freunde an ihrem tatsächlichen Alter nichts ändern konnten, legten sie sich ein Image zu.

Im Fernsehen lief die Zigarettenwerbung. Der Marlboro-Mann verbreitete Lagerfeuerromantik. Der Camel-Mann lief sogar meilenweit für eine Zigarette. Ja, das waren echte Männer. Trotzdem war Jan kein Raucher, weil das Klischee des Rauchers aus der Werbung so gar nicht zu dem der rauchenden Schüler vor dem Schulhof passte.

Stefan war Raucher, und er fuhr als einziger Schüler ein Kleinkraftrad. Damit konnte er bei den Mädchen landen. Stefan war genauso lässig wie die Männer aus der Zigarettenwerbung.

Da kam er angeknattert. Seine Zündapp war so laut, dass sich alle nach ihr umdrehen mussten. Lässig parkte er die Maschine für alle gut sichtbar einige Meter vor dem Zugang zum Schulhof. Er schwang das rechte Bein über die Sitzbank, klappte zielsicher den Seitenständer raus und zog sich fast gleichzeitig mit der Rechten die Zigaretten aus der Jackentasche.

Auf der Schulhofmauer saß seine derzeitige Freundin.

„Morgen, mein Sonnenschein.“

Er hatte Karin erst nur Gitarrenunterricht gegeben, aber dann wurde mehr daraus. Stefan ließ jetzt auch mit der Linken den Lenker seiner Maschine los, um das Feuerzeug aus der anderen Jackentasche zu holen. Alles sehr cool.

„Hallo, mein Schatz."

Gut zwanzig Augenpaare sahen ihm dabei zu, denn sonst gab es hier nicht viel zu sehen, und niemand hatte es eilig, in den Unterricht zu kommen. Gut zwanzig Augenpaare sahen dann, wie das Zweirad auf die Pflastersteine krachte. Stefan hatte den Seitenständer auf den eisernen Gullydeckel gestellt. Der Ständer rutschte, das Kraftrad kippte und Stefan fiel die Zigarette aus dem Mund. Das sah jetzt nicht mehr so lässig aus.

„Verdammte Kacke!"

Das Lachen der Zuschauer tat nur einen Moment lang weh, der kaputte Seitenspiegel schmerzte da schon mehr.

„Das wird teuer!"

Jan merkte, dass man auch mit Zigarette dämlich aussehen konnte. Er brauchte keinen Glimmstängel, um sich ein falsches Image zuzulegen. Für seine erste Zigarette war es noch zu früh, die sollte er erst ein Jahr später rauchen. Dann aber blieb er dabei, auch ohne Werbung.

XXXVIII.   Werkzeugmacher?

Die Noten aller Schüler besserten sich im letzten Jahr, was sicher auch eine Folge davon war, dass der Schläger aus der Klasse entfernt worden war. Jetzt konnten sie sich auf das Lernen konzentrieren, und jetzt machte es sogar Spaß. Jan ging gern zur Schule, und daran hatte der Henze einen wesentlichen Anteil. Der war mit Leib und Seele Lehrer. Unter der Woche motivierte er seine Schüler in Deutsch und Erdkunde, und am Wochenende organisierte er Wandertage oder Skilanglaufen im Hochsauerland. - Was für ein enormes Glück, so einen tollen Lehrer zu haben!

Es gab allerdings noch einen weiteren Grund für die Verbesserung Jans schulischer Leistungen, denn allen Schülern stellte sich im letzten Jahr auf der Realschule die Frage:

„Was kommt danach?"

Die meisten Mädchen hatten diesbezüglich klare Vorstellungen:

„Ich will Arzthelferin werden."

„Ich lerne Friseurin."

Nur Heike hatte Ambitionen und sah ihre Zukunft in der Stadtverwaltung, mittlere Beamtenlaufbahn. Für die Jungen war die Sache einfacher, denn es gab eigentlich nur eine Möglichkeit: eine Lehre, entweder zum Automechaniker oder zum Werkzeugmacher. Das begrenzte Spektrum möglicher Ausbildungsberufe hing mit der einseitig auf die Automobilzuliefererindustrie ausgerichtete Wirtschaftsstruktur der Stadt zusammen.

Jan konnte sich wieder mal nicht entscheiden, denn beim Gedanken, den Rest seines Lebens an der Fräse zu verbringen, lief es ihm eiskalt den Rücken runter. Und diese Angst spornte ihn zu schulischen Höchstleistungen an. So lächerlich das für einen mittelmäßigen Schüler auch klingen mag: Jan wollte sich durch gute Noten eine berufliche Zukunft erarbeiten. Das sagte er auch seinen Eltern.

„Und du glaubst echt, dass du auch mal gute Noten mit nach Hause bringen kannst?"

Seine Eltern hatten berechtigte Zweifel an Jans Vorhaben. Sie meinten, dass ihn seine bisherige schulische Laufbahn nicht unbedingt für einen Wechsel zum Gymnasium qualifizieren würde. Was sie dazu bewegte, ihn trotzdem zu unterstützen, war weniger, dass sie für ihren Sohn alles tun würden. Nein, das würden sie eindeutig nicht tun. Ihre Unterstützung fußte vielmehr auf der Erfahrung, dass sie selber nach dem Krieg ja gar nicht die Möglichkeit gehabt hatten, das Abitur zu machen. Der Umstand, dass sie selber nie eine Chance gehabt hatten, ließ in ihnen den Wunsch aufkommen, dass ihr Sohn es einmal besser haben sollte.

Das Ziel lag klar vor Augen, der Weg auch. Und so machte Jan sich an die Arbeit.

XXXIX. Die Wette

Mit zunehmendem Alter der Schüler und mit den liberaleren Ansichten der jungen Lehrern veränderte sich das Verhältnis zwischen Schülern und Lehrern deutlich. In der letzten Klasse der Realschule wurden die Schüler selbstsicherer und frecher, und die Lehrer erlaubten das.

In der letzten Klasse wurde eine Abschlussfahrt organisiert. Der Henze wollte mit der Klasse in den Bayrischen Wald fahren. Da sprachen sie alle so wie der Chemielehrer, und schon deshalb wollten die Schüler nicht unbedingt dahin, sondern lieber nach London. Um das Thema zu klären, stellte der Henze der Klasse das folgende Aufsatzthema:

„Warum ist ein Schulausflug in den Bayrischen Wald sinnvoll?"

Das war eine Einladung für Tom, er konnte einfach nicht widerstehen. Bei der Rückgabe der Hausaufgaben las der Henze einen Satz aus Toms Aufsatz vor:

„Ein Schulausflug in den Bayrischen Wald ist sinnvoll, damit sich Beamte wie unser Lehrer auch mal bewegen."

Alle lachten, auch er selbst. Dann aber wurde er wieder ernst:

„Im Mai findet das `Wandern rund um Herscheid' statt. Ich wette, dass du die 30 km nicht packst!"

Vor der ganzen Klasse konnte Tom jetzt keinen Rückzieher mehr machen. Das hatte er nun von seiner großen Klappe: Er musste Jan und Paul um Hilfe bitten.

„Macht ihr mit? Zusammen können wir das schaffen."

„Klar. Aber wie kommen wir überhaupt nach Herscheid?"

„Wir gehen!"

„Bist du wahnsinnig?"

Am Wandertag klingelten Tom und Paul um sieben Uhr morgens bei Jan. Er packte noch schnell drei Butterbrote und eine Feldflasche in seine Umhängetasche. Um halb zehn ging das Volkswandern in Herscheid los, ihnen blieben also noch zweieinhalb Stunden Zeit, um von Lüdenscheid nach Herscheid zu gelangen. Auf der Herscheider Landstraße ging es an Piepersloh vorbei und danach um die Versetalsperre.

„Na, seid ihr Sonntagsspaziergänger auch schon da?"

Dabei hatten sie für die 14 km nur zwei Stunden gebraucht. Die 30 km um Herscheid gingen sie dann schön langsam. Wie sie den Rückweg nach Hause geschafft haben, daran konnten sie sich später nicht mehr erinnern, aber die Wette hatten sie gewonnen.

Das war nicht die erste und sollte auch nicht die letzte Wette mit dem Henze bleiben.

XL. Klassenfahrt

Der Henze hatte viele gute Eigenschaften, Englischkenntnisse gehörten jedoch nicht dazu. Und so ging es statt nach London nur in den Bayrischen Wald. Die Klasse stieg auf den Großen Arber (1.456 m) und besuchte eine Glasbläserei in Zwiesel. An den Nachmittagen gab es in der Jugendherberge Spiele und Quizveranstaltungen.

„Wie hoch ist der größte Berg im Bayrischen Wald?"

Normalerweise stellte jede Art von Wettbewerb eine große Verlockung für die Jungen dar, doch erregten die Mädchen einer Schulklasse aus Stuttgart zu sehr ihre Aufmerksamkeit, als dass sie die Mädchen aus ihrer Klasse beim Quiz hätten schlagen können.

Ein Brauereibesuch durfte in Bayern natürlich nicht fehlen. Bei dieser Gelegenheit erstanden sie auch einen Kasten Bier mit 20 Flaschen zu je 0,5 Liter. Bei 35 Schülern macht das ein kleines Glas pro Nase. Nie im Leben hätte Jan gedacht, dass ein Glas Bier das Verhalten eines Jugendlichen beeinflussen könnte. Doch genau das geschah.

Nach dem Abendessen bekam der Jungenschlafsaal Besuch aus Stuttgart. Das Gekreische war in der gesamten Jugendherberge zu hören und so dauerte es auch nicht lang, bis der Henze in der Tür stand. Die Stuttgarterinnen schoben sich an ihm vorbei und liefen zurück in ihren Schlafsaal, alle bis auf drei. Und eine der drei hatte sich ausgerechnet in Jans Bett versteckt.

Das Vergehen war schwer und hätte eigentlich damit bestraft werden müssen, dass die drei betroffenen Schüler nach Hause geschickt wurden. Doch wie so oft in Jans Leben verhinderte eine glückliche Fügung am nächsten Morgen Schlimmeres. Außer dem Mädchenbesuch war es nämlich in der Nacht zu einem weiteren „Unfall" gekommen. Bei einem der Biertrinker hatte der Alkohol einen verstärkten Harndrang ausgelöst. Dadurch hatte er es nicht mehr bis zur Toilette geschafft und sich an seinem Bettpfosten erleichtert. Nun gab es also gleich zwei Übel zu bestrafen:

> *„Jemand muss den Urin aufwischen. Der Herbergsvater hat uns schon einen Eimer und einen Aufnehmer bereitgestellt. Ich würde sagen, drei Personen sind für diese Aufgabe genug. Die Klasse soll selbst entscheiden, wer das übernehmen soll!"*

Die Klasse brauchte auch nicht lang nachzudenken und bestimmte die drei Schüler mit „Damenbesuch aus Stuttgart" zum Aufwischen der Schweinerei. - Paul, Klaus und Jan waren froh, nicht härter bestraft worden zu sein.

XLI. Zeiten und Wunder

Was niemand erwartet hatte, geschah: Jans Abschlusszeugnis von der Realschule erlaubte ihm den Besuch des Gymnasiums zur Erlangung des Abiturs und brachte ihm außerdem ein Lob seines Vaters:

„Glückwunsch, Junge, das hatte ich wirklich nicht erwartet, aber du hast es geschafft."

Das Gymnasium funktioniert in einer Weise, die das Leben seiner Schüler sehr erleichtert: Unterrichtsfächer, die man nicht mag, kann man abwählen. Gleichzeitig gibt es die Möglichkeit, bestimmte Grund- und Leistungskurse zu wählen, die im Abitur doppelt gewertet werden. Durch diese Art der Auswahl konnte sich Jan also sein Abitur zusammenbauen, wie es ihm gefiel. - Hätte man ihm diese Möglichkeit bloß schon in der Grundschule gegeben! Dann hätte er garantiert niemals eine schlechte Note in *Schönschrift* bekommen.

Biologie und Geschichte wurden seine Leistungskurse, Sport und Deutsch weitere Prüfungsfächer. Auf Mathematik konnte er verzichten. Französisch hatten sie ja schon ein paar Jahre lang auf der Realschule gehabt. Das war aber kein Hindernis dafür, auf dem Gymnasium den Anfängerkurs zu besuchen. Der Besuch der Literaturarbeitsgemeinschaft am Nachmittag machte richtig Spaß. Und so hielt sich der Arbeitsaufwand insgesamt sehr in Grenzen.

Zum ersten Mal in seiner Schullaufbahn kam Jan das System entgegen. Dank der Funktionsweise der gymnasialen Oberstufe gelang es ihm, das Abitur zu erwerben. Außerdem hatte er schon wieder unverschämtes Glück mit einem Lehrer. Dieses Mal war es sein Geschichtslehrer, der ihn begeisterte. Zwar wusste er zu diesem Zeitpunkt immer noch nicht, was er werden wollte, doch schließlich ist ja doch noch etwas aus ihm geworden; und zwar trotz oder vielleicht auch wegen des deutschen Schulsystems.

XLII. Schlusswort

In der Schule hat Jan etwas gelernt, obwohl das nicht wirklich ein Wunder ist, schließlich hat er sie ja auch lange genug besucht. Die Erlebnisse aus seiner Schulzeit offenbarten Schwachstellen im deutschen Schulsystem wie überfüllte Klassen und autoritäre Lehrer. Wenn Jans Schullaufbahn etwas beweist, dann aber doch wohl, dass es neben unfähigen auch einige verständnisvolle und motivierende Lehrer gab. Dank ihnen konnte auch ein mittelmäßiger Schüler die Hürden eines mangelhaften Schulsystems überwinden. Denn diese herausragenden Personen haben an sein Potenzial geglaubt und Jan trotz seiner Schwächen unterstützt. Stellvertretend ist zwei von ihnen dieses Buch gewidmet.

Ohne die Hilfe der Lehrer, die mehr gemacht haben, als sie mussten, wäre Jan nicht weit gekommen. Dafür gilt ihnen sein Dank. Die *Erlebnisse eines mittelmäßigen Schülers* sind sein Antrieb, es diesen Lehrern gleich zu tun und in seinem Aufgabenbereich nach Kräften zu fördern und zu motivieren.

Schließlich stellten die Momente der Niederschrift dieser Erinnerungen eine gute Gelegenheit für den Autoren dar, alles noch einmal Revue passieren zu lassen und es zu verarbeiten. Der Akt des Schreibens war sowohl für Jan als auch für Jürgen Aufarbeitung und Reinigung. Und das können wir jedem Nachkriegsenkel nur empfehlen.

gez. Jan und Jürgen